鳴響雪松 *8.1* Новая цивилизация

新的文明

目次

1 黎明前的感覺

阿納絲塔夏仍在睡覺，而無邊無際的西伯利亞泰加林上方，日出前的天空漸漸明亮。這次是我先醒來，但我靜靜地躺在她身旁的睡袋上，欣賞她安詳又美麗的臉蛋，以及婀娜多姿的曼妙身材。清晨柔和的天光讓她看起來更特別了。幸好她這次安排我在露天過夜，她大概知道那天晚上會很溫暖又安靜，所以沒有在她舒適的洞穴鋪床，而是鋪在洞穴的入口處。她幫我把上次帶來的睡袋攤開，自己在旁邊用乾草和乾燥花鋪了一個漂亮的床。

她躺在這樣的泰加林床鋪上，穿著我替讀者送她的亞麻及膝薄洋裝，看起來真是美極了。說不定她只有在我來時才會把這件穿上，平常睡覺時都是裸體。森林變冷時，可以多鋪一些乾草，畢竟冬天只窩在乾草堆也不會冷。即使一般人不像阿納絲塔夏如此耐寒，也可以不用穿著保暖衣物睡在乾草堆中。我曾經這樣試過，只不過我這次是躺在睡袋中。我看著仍在睡覺的阿納絲塔夏，想像這在電影中會是什麼樣的場景：

遼闊的西伯利亞泰加林深處有個這樣的空地，黎明前萬籟俱寂，偶爾才有樹枝的窸窣聲從高聳的雪松樹梢傳來。眼前美麗的女子安詳地躺在花草鋪成的床上。她的呼吸非常規律，幾乎無聲無息，唯一明顯的動靜是一株小草往她的上唇稍微傾倒，隨著她呼吸西伯利亞泰加林令人神清氣爽的空氣而微微擺動。

我從未看過阿納絲塔夏在泰加林睡覺的樣子，她總是比我早起，但是這一次……我入迷地看著她，小心翼翼地起了半身並用手撐著，一邊端詳她的臉，一邊思考，開始在心裡說著：

「妳還是這麼美，阿納絲塔夏。妳我相識快要十年了，在這段時間裡，我當然老了，妳卻幾乎沒變。臉上沒有皺紋，只有金髮中出現一撮灰髮，顯然有不尋常的事發生在妳身上。從為了反對妳和妳的構想而來的大規模運動來看，從媒體和官僚體制流傳的言論來看，黑暗力量肯定蠢蠢欲動。他們想盡辦法刺激我，也想對妳伸出魔爪，不過看來他們伸得不夠長……

「妳的頭上仍舊出現了灰髮，但絲毫不減妳美若天仙的外表。跟妳說，現在非常流行把頭髮挑染成各種顏色，年輕人覺得挑染時尚又漂亮。但妳不用去找髮型師，顏色便自然而然出現。還有，妳被子彈打中的傷疤幾乎不見了。」

日出前的天空更亮了，但就算此時近看她的太陽穴，也看不太到疤痕，應該很快就會不見了。

「妳如此安詳地睡在自己的泰加林世界，享受著新鮮的空氣。但在我們的世界有件非常重要的事正在發生，研究者將此稱為『資訊革命』。也許是多虧了妳，也許是技術治理世界的人發自內心地開始創造祖傳家園、改善土地。他們真心地接受妳所創造的意象——對家庭、國家，乃至於全世界的美好未來意象。他們明白妳的用意，自動自發地創造美麗的未來。

「我也試著明白、盡力瞭解一切，但還沒完全明白妳對我的意義。妳教我寫書、為我生兒子、給我名聲、讓我贏回女兒的尊重。妳為我做了好多，但這都不是最重要的，重要的在別的地方——或許就藏在心裡吧。

「妳知道嗎，阿納絲塔夏，我從未說過自己對妳的感覺，對妳和自己都沒說過。事實上，我這一生從未對任何女人說過『我愛妳』三個字。

「沒說過不是因為沒感覺，而是我覺得這三個字很奇怪、沒什麼意義，畢竟如果愛人，就要把愛付諸於行動。如果必須把愛說出來，代表不會有真正且實際的行動，畢竟坐而言不如起而行。」

阿納絲塔夏動了一下、深呼吸一口氣，但沒有醒來。我繼續在心裡對她說話：

「我從未對妳說過愛，阿納絲塔夏，但如果妳要我從天上摘星星給妳，我會爬上最高的樹，從樹梢跳向星星。如果往下墜落，我會抓住樹枝繼續往上爬，重新跳向星星。

「妳從未要我從天上摘星星給妳，阿納絲塔夏。妳只要我寫書，我也一直在寫，只是有時寫得不好，偶爾會往下墜落，但我不會就此停住。我還沒寫到最後一本，我會寫到妳滿意為止。」

阿納絲塔夏的睫毛動了一下，臉上泛起淺淺的紅暈。她接著睜開灰藍色的雙眼，對我投射輕柔的目光。老天啊，這雙眼睛總是讓人感到溫暖，我還如此近地看她。阿納絲塔夏靜靜地看我，水汪汪的眼睛散發著光芒。

「早安，阿納絲塔夏！妳好像第一次睡這麼久，之前都是妳比我早起。」我說。

「你也早安，祝你有個美好的一天，弗拉狄米爾。」阿納絲塔夏幾乎是用氣音說話。「我還想多睡一會兒。」

「妳沒睡飽嗎？」

「睡飽了，睡得很好，但那個夢……我在日出前做了一個很美的夢……」

「什麼夢？夢到什麼？」

「我夢到你跟我說話，說到很高的樹和星星，說到摔下來後又爬上樹頂。雖然是說樹和星星，但我覺得那些話與愛有關。」

「夢中的東西常常意味不明，樹和愛會有什麼關聯？」

「凡事都可能有關聯，也有重要的意義。我們現在說的，重點在於感覺，不在話語。今天的黎明給我很不一樣的感覺，我要去跟它打招呼、擁抱它。」

「跟誰？」

「美好的一天，它送了我這麼特別的禮物。」

阿納絲塔夏慢慢起身，從洞穴入口往外走了幾步，然後……她做了每天早上都會做的事——她獨有的晨操。她稍微往上張開雙手，凝視了一下天空，然後突然開始旋轉。她接著跑了起來，空翻了一圈讓我嘆為觀止後，又開始旋轉。而我躺在洞穴入口的睡袋上，欣賞阿納絲塔夏矯健的動作，心想：「哇！她已經不是小女孩了，動作還能如此迅速、優美且充滿活力，好像年輕的體操選手。我很好奇，她睡覺時怎麼感受得到我的內心話？還是說我要向她坦白？」

於是我大喊：

「阿納絲塔夏，那不只是一場夢。」

她在空地中央立刻停了下來，往我的方向輕快地翻了幾圈，在我旁邊迅速地坐到草地上，開心地問我：

「不只是一場夢？為什麼不是？快告訴我，跟我說所有細節。」

「嗯，我跟妳說，我當時正在想那棵樹、在內心講到星星。」

「告訴我，你說的話是哪裡來的？為什麼會說這些話？」

「感覺吧？」

這時阿納絲塔夏祖父的大喊打斷了我們的對話：

「阿納絲塔夏！阿納絲塔夏，快聽我說話，聽我說話！」

阿納絲塔夏跳起身，我也跟著趕快起身。

2 戰勝輻射

「瓦洛佳又做了什麼奇怪的事嗎？」阿納絲塔夏對著跑過來的祖父問。祖父匆匆看我一眼，簡短地說了「你好，弗拉狄米爾」，便開始解釋：

「他在湖邊。他剛才跳進水裡，從湖底撈了一塊石頭上來，現在還拿著石頭站在原地。可想而知，那塊石頭一定很燙，但他不肯放手，我也不知道該給什麼建議。」祖父接著嚴厲地對著我說：

「你的兒子在那裡啊。你身為他的父親，還楞在這裡做什麼？」

我還搞不清楚怎麼回事，便拔腿往湖邊跑去。祖父跑在我的旁邊解釋：

「那塊石頭有輻射，石頭很小，但有很多能量——類似輻射的能量。」

「那塊石頭怎麼會在湖底？」

「石頭很早就在那裡了，連我父親都知道，只是沒人能潛這麼深。」

「瓦洛佳怎麼潛下去的？他怎麼知道那塊石頭？」

「是我教他潛水的。」

「為什麼？」

「他一直纏著我、要我教他。你們兩個都沒時間照顧小孩，把責任丟給長輩。」

「是誰跟他說石頭的事？」

「除了我還會有誰？是我說的。」

「為什麼？」

「他想知道為什麼湖在冬天不會結冰。」

跑近湖邊時，我看到兒子站在那裡，頭髮和衣服已經濕透，但沒有滴水，看來他已經站了一段時間。

兒子瓦洛佳往前抬著手，目不轉睛地盯著緊握的拳頭，顯然手中握的就是那塊從湖底撈上來不吉利的石頭。我向他走近兩步，他立刻轉頭對我說：

「別靠近，爸比。」

我停下腳步時，他又說：

「祝你有健全的思想，爸比。但你要離遠一點，你和爺爺最好躺在地上，這樣我才能專心。」

祖父立刻躺在地上，我不明就裡地也躺在旁邊。有一段時間，我們都沒有講話，一直看著站在岸邊的瓦洛佳。後來我有一個非常簡單的想法，於是開口說：

「瓦洛佳，丟遠一點就好了呀。」

「丟遠一點？到哪裡？」兒子頭也沒回地問。

「丟到草叢。」

「不能丟到草叢，很多東西會死掉。我的感覺告訴我，現在不能亂丟。」

「所以你要站在那邊多久？一兩天嗎？然後呢？要站一個星期？一個月？」

「爸比，我在想怎麼辦。我們先別講話，讓思想找到辦法，別害它分心。」

我和祖父靜靜地躺在地上看著瓦洛佳。忽然間，我看到阿納絲塔夏從湖的對岸慢慢走過來。但在目前這種情況下，她似乎走得太慢了。她走到離瓦洛佳大約五公尺時，若無其事地坐在湖邊，雙腳伸進水裡好一會兒。後來她才轉向兒子，非常冷靜地問：

「石頭很燙嗎，兒子？」

「很燙，媽咪。」瓦洛佳回答。
「你去撈石頭的時候在想什麼？現在又在想什麼？」
「石頭散發類似輻射的能量，是爺爺告訴我的。不過人類也會散發能量，我知道這點。人類的能量永遠比較強，沒有其他能量可以超越。我把石頭撈上來後一直握著，用盡力氣抑制它的能量，要把能量送回石頭裡面。我想證明人類比任何輻射強。」
「那你的證明成功了嗎？你散發的能量比較強嗎？」
「是的，媽咪，我成功了。只是石頭越來越熱，我的手指和手掌有點燙傷了。」
「為什麼你不把石頭丟掉？」
「我覺得不能這樣做。」
「為什麼？」
「我的感覺。」
「為什麼？」
「石頭……石頭會爆炸的，媽咪。我一放手，石頭就會爆炸。爆炸威力會很強。」
「你說得對，確實會爆炸。石頭蘊含的能量都會釋放出來。你用自己的能量抑制石頭的能量流動，把能量送回石頭裡面，同時透過思想在石頭內部形成核心，所以現在裡面除了它的能量，還累積了你的能量。它沒有辦法無限累積能量，只能在你用思想形成的核心裡翻騰，所以石頭才會越來越熱、燙傷你的手。」

「我知道，所以我不能放手。」

阿納絲塔夏看起來十分冷靜，動作順暢而不疾不徐，講話經過深思熟慮而常有停頓，但我仍感覺到她異常地專注，她的思想可能比以往都來得快。她站起身來，慵懶地伸展身體，冷靜地說：

「瓦洛佳，所以你知道你一放手，石頭就會爆炸嗎？」

「我知道，媽咪。」

「那代表你要慢慢放手。」

「怎麼做？」

「先放一點點，稍微鬆開大拇指和食指，露出部分的石頭。你要同時在腦中想像，被你送回石頭的能量如何像光線般往上釋放，石頭的能量就會隨著你的意思移動。小心，光線只能往上照射。」

瓦洛佳全神貫注地看著緊握的拳頭，慢慢地鬆開大拇指和食指。那天早上陽光普照，但在大太陽下仍可看見石頭射出一道光線。一隻剛好飛進光線的小鳥馬上變成煙霧，彷彿是一朵小雲在光線通過時變成水蒸氣。幾分鐘後，光線幾乎消失。

「噢，我坐在這裡陪你們太久了。」阿納絲塔夏說，「我想我得先離開，幫你們準備早餐，你們在這裡好好玩吧。」

她離開時也是不疾不徐，卻在走了幾步後稍微踉蹌，接著往下走到湖邊洗臉。可想而知，她的外表雖然冷靜，內心卻非常緊張。她為了不要嚇到兒子、不要干預他的行動，所以隱藏了緊張的情緒。

「妳怎麼知道我該做什麼，媽咪？」瓦洛佳對著走遠的阿納絲塔夏說。

「怎麼知道？」已從地上起身的爺爺開心地逗弄瓦洛佳。「怎麼會這樣問？你媽在學校物理超好的。」語畢後哈哈大笑。

阿納絲塔夏轉向我們，也笑著回答：

「兒子，我之前也不知道。但不管發生什麼事，都要找出解決辦法，別讓恐懼限制你的思想了。」

光線完全消失後，瓦洛佳把手攤開，手掌上有一塊靜止不動的橢圓形小石頭。他瞧了好一會兒後喃喃自語：「你裡面的能量不比人類的強。」他又握緊拳頭，衣服也不脫地直接跳進水裡。三分鐘後，他才浮出水面、立刻游回岸邊。

「是我教他憋氣的。」祖父說。

瓦洛佳上岸後，跳上跳下地把水甩掉，接著朝我們走來。我忍不住問他：

「你知道什麼是輻射嗎，兒子？你肯定不知道，如果你知道，就不會去撈那塊石頭了。難道你就不能找點別的事做嗎？」

「我知道什麼是輻射，爸比。爺爺跟我說過你們的核電廠災害、你們的核武，還有核廢料造成的問題。」瓦洛佳回答。

「所以這和湖底的那塊石頭有什麼關係？什麼關係？」

「是啊，什麼關係？」祖父插話。「你管管他吧，弗拉狄米爾。我想休息一下，最近你兒子夠讓我操心了。」

祖父動身離開，留我和兒子兩人獨處。

兒子全身濕透地站在我的面前，因為讓我們擔心而顯得難過。我不想再責備他，只是靜靜地站在原地，不知道該說什麼。瓦洛佳先開口：

「爸比，我跟你說，爺爺說過核廢料貯存場暗藏很大的危險。根據機率論，這些貯存場可能會對很多國家和民眾造成無法彌補的傷害，甚至整個地球都無法倖免。」

「當然有這個可能，但這跟你有什麼關係？」

「如果大家覺得問題解決了，但危險依舊存在，那就表示方向錯了。」

「就算錯了又怎樣？」

「爺爺說，我要找到正確的解決辦法。」

「所以你找到了？」

「現在找到了。」

九歲的兒子站在我的面前，全身濕透、手掌燙傷，卻一副信心滿滿的樣子。他以冷靜而自信的語氣談論如何解決貯存核廢料的問題。這太不尋常了，畢竟他又不是科學家，不是核子物理學家，甚至沒受過正規教育。太奇怪了。一個全身濕答答的小孩站在泰加林的湖岸，談論核廢料的安全貯存辦法。我不期待他能說出多有效的解決辦法，不過為了和他繼續說話，我就問他：

「所以你對這個難題想出了什麼具體的辦法？」

「比較很多解決辦法後，我覺得分散是最有效的。」

「我不懂，分散什麼？」

「核廢料，爸比。」

「怎麼分散？」

「爸比，我發現少量的輻射完全不危險。到處其實都有少量的輻射，我們的體內、植物內、水中和雲裡都有。但如果輻射集中在同一處，就會帶來真正的危險。爺爺說的那種貯存場是人類刻意把核能物質集中在同一個地方。」

「這大家都知道。核廢料會送到特別建造的貯存場，這些地方戒備森嚴，不會讓恐怖份子得逞。也有訓練有素的人員隨時監控，確保貯存技術不會失靈。」

「說得沒錯，爸比，但危險依舊存在。災害在所難免，原因就在於有人抱持特定的想法，把錯誤的決定強加在人類身上。」

「兒子，這個問題有科學機構在研究，他們的學識都很淵博。你不是科學家，你不懂科學，不可能解決這麼重要的問題，要也是由現代科學解決。」

「但結果呢，爸比？你要知道，正是現代科學的方法使人類承受巨大的風險。我知道我沒上學，不懂你所說的科學，但是……。」

他不再說話，低下頭來：

「什麼但是？為什麼不說話了，瓦洛佳？」

「爸比，我不想上你說的那種學校，不想讀你所說的科學。」

「為什麼不想？」

「爸比，因為正是這種科學造成災難的。」

「但沒有別種科學了。」

「有的。阿納絲塔夏媽咪說過，事實只能靠自己判斷。我知道這是什麼意思，所以我正在研究，或者說是判斷——我不知道怎麼說比較精確。」

「哇，他對自己的想法真有信心。」我心想，接著問他：

「那你覺得發生災難的機率有多少？」

「百分之百。」

「你確定？」

「從機率論和無人對抗這種毀滅性思維這點來看，大災難是無法避免的。建造大型核廢料貯存場就跟製造大炸彈沒有兩樣。」

「所以說，你的思想正在對抗這種思維嗎？」

「是的，我已經把我的思想釋放在空間中，它會戰勝的。」

「對於安全貯存核廢料的問題，你想出了什麼具體的辦法嗎？」

「所有集中在大型貯存場的核廢料必須分散，我是這樣想的。」

「分散？是說分成幾十萬或甚至幾百萬個小粒子嗎？」

「是的，爸比。」

「還滿簡單的，不過最大的問題來了，要把這些小粒子放在哪裡？」

「祖傳家園，爸比。」

這個難以置信的回答讓我始料未及，我好一會兒不知道該說什麼，後來幾乎用吼地說：

「胡說八道！你想的辦法根本亂來，瓦洛佳。」

我接著想了一下，才用比較和緩的語氣說：

「如果把核粒子分散各地，自然可以避免全球浩劫，但是這樣會讓數百萬個選擇住在家園的家庭陷入危險，畢竟大家都想住在沒有汙染的地方。」

「是啊，爸比，大家都想住在沒有汙染的地方，但現在地球上幾乎沒有這種地方。」

「泰加林這裡也不算嗎？」

「這裡只是相對乾淨，但不是最完美、最原始的，現在沒有什麼完美的地方了。雲會把其他地方的酸雨帶來，這裡的花草樹木正在與它對抗。但畢竟髒亂的地方只會一天比一天髒，而且這種地方會越來越多。所以才說不要逃避問題，現在就要對抗它。媽咪說過：『我們要自己創造乾淨的地方。』

「在一堆可行的辦法中，我的思想只挑了一個，沒有其他的辦法。我的思想告訴我，把核廢料分散成小粒子，貯存在家園中，這樣才是比較安全的作法。要馴服它，讓它為生活帶來好處。」

「但要放在家園的哪裡？倉庫？保險箱？還是把這種輻射膠囊埋在地窖？你的思想有給你提示嗎？」

「膠囊埋在土裡的深度不可以小於九公尺。」

我後來仔細思考兒子的提議，雖然乍聽之下不可思議，但我越想越覺得其中還是有點道理。至少他提的核廢料存放辦法真的可以完全避免大規模的災難。至於對實際家園的汙染，其實是可以避免的，甚至還能享有好處。說不定科學家可以想出類似迷你反應爐或其他相似的東西。

我突然靈光一閃。太棒了！就是這個！就是這個原因，可以解釋為什麼一定要把核廢料分散存放。錢啊！國外政府為了處理這些核廢料而投入大筆資金，把錢拿來建造貯存場、聘請訓練有素的人員，以及維護整個安全系統。部分的經費卻常常石沉大海，那倒不如把這些錢分給每個存放核廢料膠囊的家園。太棒了！這不僅保證安全，家園的人還能從中獲利。

現在誰都不能保證核廢料安全無虞，就算住家離貯存場很遠也是一樣。烏克蘭的車諾比核災發生後，不只烏克蘭的領土受到汙染，就連俄羅斯、白俄羅斯也遭殃。雲把汙染物帶到幾百公里、甚至幾千公里外的地方。

因此，兒子的提議目前雖然只是構想，還需要加入細節，但仍值得仔細考慮。不只是科學界和各國政府，最重要的是整個社會都要好好思考。

我走在湖邊想得入神，完全忘了兒子的存在。他還站在原地靜靜地看著我。他所受的教養不讓他把我叫住，打斷別人思考在這裡是不被允許的行為。

我決定換個話題。

「所以你整天都在思考各種問題囉，瓦洛佳？你沒有任何任務要做嗎？有人指派工作給你嗎？」

「工作？指派？我都是想做什麼就做。工作？爸比你說的工作是什麼意思？」

「工作啊……就是你做完一件事後，別人會付你錢的那種。幫全家人做事也算，像我在你這個年紀的時候，爸媽要我照顧兔子。我照顧牠們、拔草餵牠們，還有清籠子。兔子是家裡的收入來源。」

瓦洛佳聽完我舉的例子後，突然有點興奮地說：

「爸比，那我給你看我派給自己的一個任務，一個讓人很開心的任務，再由你判斷那算不算工作。」

「告訴我吧。」

「走吧，我想讓你看一個地方。」

3 小雁，小雁，嘎嘎嘎！

——抑或我們失去的超級知識

我和兒子離開岸邊，他走在前面，但樣子變了，從剛才的理性和專心變成開心和興奮，有時還邊走路邊轉圈或跳到空中，飛快地跟我說：

「我沒照顧過兔子，爸比，我做的是別的。要怎麼說呢？生育嗎……不是。創造嗎？也不太適合。啊，我記得了，你們是說孵蛋，所以我在孵蛋。」

「你在孵蛋？什麼意思？那是母雞或其他鳥類的工作。」

「這我知道，但我必須自己孵。」

「為什麼？從頭到尾告訴我吧。」

「好，從頭到尾。順序是這樣的。

「我請爺爺幫我找幾顆野鴨和野雁的蛋，爺爺一開始雖然有點抱怨，但三天後還是帶了四顆大雁蛋和五顆比較小的鴨蛋給我。

「後來，我挖了一個小洞，底部鋪上鹿糞堆肥和小草，再用乾草蓋住，最後把爺爺給我的蛋全部放上去。」

「堆肥是做什麼用的？」

「保溫，蛋必須保溫才會孵化。上方也要保溫，所以我有時會親自趴在上面，用肚子蓋住小洞。如果太冷或下雨，我會叫熊躺在上面。」

「熊不會把蛋壓破嗎？」

「熊的體型雖然很大，但孵蛋的洞很小。牠躺在上方，而蛋在底部。我也會叫母狼保護蛋，或是自己睡在旁邊，直到蛋開始孵化。親眼看到孵化真是開心，不過有些沒有孵出來。我拿的九顆蛋孵出了兩隻小雁和三隻小鴨。我餵牠們草的種子和敲碎的堅果，還親自餵牠們喝水。每次我餵牠們的時候，都會邀請棲息在附近的動物來看。」

「為什麼？」

「要讓牠們看到我是怎麼照顧的，牠們才知道不能碰這些小雁和小鴨，應該要保護牠們。我自己也睡在孵化雁和鴨出來的地洞旁邊，但如果晚上太冷或下雨，我會叫熊睡在一旁，好讓牠們可以依偎在溫暖的毛裡，這樣對牠們很好。

「如果按照順序，接下來是……我在地洞的周圍插上木樁，用樹枝綁成圍籬，巢的上方再用樹枝蓋住。小雁和小鴨長大學會爬出地洞後，我會沿著牠們的巢繞圈，斷斷續續地吹口哨：噓——噓——噓。牠們會立刻爬上來，跑在我的後頭。牠們也會試著追熊，但我訓練牠們不能這麼做。熊可以走很遠的路，但牠們可能會死掉。

「不過牠們都平安長大、長出羽毛，也會飛了。為了訓練牠們，我把牠們拋到空中。後來牠們就開始自己飛，但最後都會回到自己的巢裡。

「到了秋天，很多鳥類都會集體南遷。我那幾隻長大的鴨子跟著鴨群，雁跟著雁群，全部飛往溫暖的地帶。但我猜測，幾乎完全相信牠們一定會在春天回來。牠們果真回來了。噢，真是太好了，爸比！牠們回來時，我聽到牠們開心地發出嘎嘎聲。我跑到牠們的巢，也發出噓噓聲。我餵牠們吃草的種子，還有我事先搗碎的堅果仁。牠們從我手上叼走食物，讓我好開心。四周的動物因為我的叫聲跑來，也跟著很開心。你看，爸比，我們到了，你看！」

兩叢醋栗間有個隱密的地方，我在那裡看到兒子所築的鳥巢，但旁邊什麼動物也沒有。

「你說牠們回來了，可是我什麼也沒看到。」

「牠們現在不在，飛去散步或去找東西吃了，所以不在這裡。不過你看，爸比。」

瓦洛佳推開樹枝，開出小縫讓我看三個凹下去的鳥巢，其中一個有五顆小蛋，看起來是鴨蛋。另一個巢有顆比較大的蛋，是雁蛋。

「哇，表示牠們真的回來了，還下了蛋……只是不多。」

「是啊！」瓦洛佳興奮地大喊，「牠們回來還下蛋了。如果我從牠們的巢拿走幾顆蛋，再多餵牠們幾次，牠們還會下更多蛋。」

我看著兒子開心的神情，不明白他為何如此興奮，於是問他：

「為什麼你這麼開心，瓦洛佳？我知道你們都不吃蛋，爺爺和你媽都不吃，所以你做的不能叫任務或工作，因為沒有帶來實質的好處。」

「是嗎？但還是有人吃蛋呀。媽咪說，只要是動物願意給人的都可以使用，特別是還不習慣只吃植物性飲食的人。」

「你在這裡的行為和別人有什麼關係？」

「我知道一定要這麼做，住在家園的人才不會為了農事而過於煩惱，甚至幾乎不用煩惱。這樣一來，他們才有時間思考。這是可以辦到的，前提是你要瞭解造物者創造世界的用意。我很喜歡思考祂的思想這門科學，這是最偉大的科學，人人都應瞭解。舉例來說，我們要明白為什麼祂讓鳥在秋季南遷，但為什麼不留在溫暖的地帶，反而會飛回來？我想了很久，最後猜祂這麼做是因為祂不想讓人類在冬季時過於忙碌。冬天時，鳥類沒辦法自己找到食物，所以遷徙到別的地方。但牠們不留在南方，而是回來幫助人類。這是神的巧思，人還要多多理解造物者的用意。」

「瓦洛佳，所以你的意思是說，鴨和雁可以棲息在一座或多座家園、下蛋、自己找食物吃，秋天南遷，春天又飛回來？」

「是的，我親眼看到了。」

「我知道你看到了，但我有一個疑慮……可能會讓你沮喪，但我還是要說出事實，這樣你才不會因為你提出的見解而被人嘲笑。」

「告訴我事實，爸比。」

「有一種科學叫經濟學，經濟學家會計算生產各種商品的最好方法。就以這些蛋為例，我們的世界蓋了很多雞舍，大量的母雞養在同一個地方。牠們下蛋後，蛋被送到商店，人再去商店選購，想買多少就買多少。這一切都是為了確保每一顆蛋耗費最少的勞力和時間。」

「什麼是勞力，爸比？」

「生產每一顆蛋需要用到的資源和時間，需要仔細思考怎麼做比較有效、比較好。」

「好，我試著想想看，爸比。」

「只要全面思考，自然就會明白。不過計算會用到統計數據，我再想辦法找經濟學家要資料。」

「但我現在什麼都可以算出來，爸比。」

瓦洛佳皺了一下眉頭，或者是在思考。過了一分鐘後，他說：

「負二到無限。」

「這是什麼公式？什麼意思？」

「神聖經濟的效率是用無限的數字表示的。現代人的經濟學一開始就是負二了。」

「你的計算方式好奇怪，我不明白。你可以解釋一下怎麼算的嗎？」

「我把現況當做基準設為零，雞舍耗費的所有成本，包括建造、維護、把蛋送到商店，全部算起來等於負一。」

「為什麼是負一？這些成本應該用盧布和戈比表示。」

「貨幣單位是永遠相對的，隨時都會改變，所以在這個算式中不重要，要一起歸在『負一』這個任意值中。無論成本多少，如果從零開始計算，都能以負一表示。」

「那另一個負一是怎麼來的？」

「是品質，那些蛋的品質不可能好。不自然的飼養環境、缺乏多樣的飼料一定會使蛋的品質下降，所以才有另一個負一，最後總合為負二。」

「好吧，假設你說得沒錯，但你的方法還是會耗費大量的時間成本。瓦洛佳，你告訴我，照你說的那樣，你前後花了多少時間孵蛋、餵鴨和雁，以及照顧牠們？」

「九十天，包括晚上。」

「所以就是九十乘以二十四小時，最後只得到幾十顆蛋，而且要到隔年才有。對住在家園的人來說，到市場買小鴨或小雁方便多了，冬天時還能用孵蛋機，牠們過四五個月就會下蛋。到了隔年冬天前，牠們通常會被宰掉，因為牠們的下蛋能力快到第三年時會變差。宰掉後，再養一批新的，這就是科技。」

「但這種辦法只會不斷造成負擔，爸比。你每天都要餵牠們、儲存飼料過冬，每隔一年就要養一批新的。」

「是啊，要餵牠們、養一批新的，不過多虧現代的技術，這比你的方法省力多了。」

「但我的九十天會產生一種永遠的機制，鳥兒回來後自己養育後代，教導牠們如何與人類相處、如何飛回故鄉，往後數千年都會如此。人類創造這個機制後，會一代傳一代……為他們帶來一小部分的神聖經濟。九十天生產一顆蛋的成本經過一百年後，只會變成幾分鐘，而且逐年減少。」

「但還是有一些成本你沒有算到。」

「那些成本會被一種強大的力量抵銷，這種力量帶來的意義不輸給鳥兒產下的蛋。」

「什麼力量？」

「春天時，鳥兒再次從遙遠的國度回到故鄉的森林，大家看到牠們都會很開心。牠們帶來正面又愉悅的能量，很多人的疾病會不翼而飛。但如果牠們除了從南方飛回來外，還直接飛到住在家園的你面前，用開心的鳥鳴或興奮的歌聲迎接你，能量還會增強九十倍。牠們的歌聲不只給人帶來歡樂和力量，也讓人周遭的世界受惠。」

瓦洛佳說得很有自信，一副受到啟發的樣子。看起來再繼續跟他爭論不太明智，所以我裝出沉思或暗自思考的模樣。我感到有點沮喪，發現自己沒有能力教他，甚至給他一點建議也無能為力。

他在這裡受到什麼奇特的撫養和教育？我的兒子站在我的面前，我卻覺得他是來自不同星球或文明的小孩。

他對生命有不同的看法，抱持的觀念和思考的速度也與我們不同。他能在轉眼間做出計算，而且即使我用電腦計算一年，他的答案顯然也比我的精確。他腦中的東西似乎與我們顛倒，或者這樣說比較正確：我們到底把生命扭曲成什麼樣子了？生命的概念與意義都不像樣了，所有災難都因扭曲的生命而起。

雖然一定是這樣，但……我還是想知道自己能幫兒子什麼，但怎麼幫？不再奢望的我，冷靜地隨便拋出一個問題：

「我會再想想看你所說的經濟，說不定你是對的……不過你告訴我，兒子，你在這裡做了很多事情，而且樂在其中，但你有沒有遇過什麼問題？」

瓦洛佳深深嘆了一口氣，看起來很難過的樣子，沉默了一下才回答：

「是啊，爸爸，我的確有個滿大的問題，而且只有你能幫忙解決。」
瓦洛佳看起來難過，我反而很高興，他終於需要我幫忙了：
「你所說的大問題是什麼？」

大問題

「爸比，你還記得你上次來的時候，我說我長大後要去你們的世界嗎？」
「記得，你說要來我們的世界找一個宇宙女孩讓她幸福、與她一起創造家園、養育孩子。我記得你說過，所以你沒放棄這個想法嗎？」
「沒有。我常常想到未來、想到那個女孩和家園。我還仔細地想像她與我一起生活的時光，你和媽咪會來作客，親眼見證我和這個女孩創造的夢想成真。」
「那你的問題是什麼？害怕找不到那個女孩嗎？」
「不是。我會找她，而且一定找得到。走吧，我再帶你去一個小空地，你就會明白、感受得到我的問題。」

我和兒子走到阿納絲塔夏空地隔壁的小空地。我們走到空地中間，瓦洛佳請我坐了下來，自己用雙手湊在嘴邊拉長音地大喊：「啊——啊——啊——。」他先往一個方向大喊，接著第二個、第三個。才過兩三分鐘，空地四周的樹頂開始出現沙沙聲，好幾隻松鼠在樹枝間迅速跳動，最後聚集在一棵雪松樹上。一些松鼠直接坐在樹枝上看著我們，有些松鼠顯然比較好動，一直在樹枝間跳來跳去。

又過沒幾分鐘，矮樹叢間跳出三匹狼。牠們坐在空地邊緣，也往我們的方向看。一隻貂在狼群三公尺外的地方趴著。接著出現兩隻山羊，牠們沒有趴下，而是站在空地邊緣盯著我們。不久後，一隻鹿走到空地，最後出現了一隻大熊。牠喘喘地穿過矮樹叢，也立刻坐在空地邊緣。牠依舊急促地喘氣，舌頭還滴著口水，大概是從大老遠跑了很久過來的吧。

瓦洛佳一直站在我的背後，雙手放在我的肩上。他接著往外走了幾步路，拔了一些草，回來跟我說：

「爸比，張開嘴，我餵你一些草，讓牠們看見我親手餵你，牠們才不會因為看到陌生人而緊張。」

我把他拿來的草放進嘴巴開始咀嚼。

瓦洛佳坐在我的身旁，把頭埋進我的胸口對我說：

「爸比，摸摸我的頭髮，這樣牠們就會完全冷靜下來。」

我開心地摸著他淡褐色的頭髮。後來他坐回旁邊，開始解釋：

「爸比，我知道神創造了這個世界，像是一個給人類兒子的搖籃。世界上的植物、空氣、水和雲都是為了人類而生，動物也滿懷欣喜地準備為人類效勞。但是我們都忘了這點，所以現在必須明白，動物可以服務什麼、牠們的任務和使命是什麼。現在很多人都知道狗可以看守房子、尋找不見的東西或顧家，貓可以抓到偷吃食物的老鼠，而馬可以載物。但是其他動物也都有自己的使命，我們必須瞭解。我一直在尋找、瞭解眼前這群動物的使命。牠們現在全部坐著等我的指令。從開始與牠們相處、理解牠們的使命到現在三年了。以那隻熊為例，牠的大熊掌很有力氣，可以挖出貯藏食物的地洞，把食物放入地洞，之後再把食物挖出來。牠也懂得怎麼從樹洞取得蜂蜜。」

「這我知道，瓦洛佳，阿納絲塔夏跟我說過，以前的人把熊當作家裡的幫手。」

「媽咪也跟我說過，不過你看我教了這隻熊什麼。」

瓦洛佳起身，往熊的方向伸出右手。牠弓起身子，看起來還停止呼吸了。瓦洛佳拍了大腿一下，那隻大熊便迅速地跑了過來，趴在兒子的腳邊。瓦洛佳蹲在牠的大頭旁，拍了拍後搔搔牠的耳後。熊開心地低吼了幾聲。瓦洛佳站起來，熊也立刻跳起身，專注地觀察兒子的一舉一動。

瓦洛佳走到空地邊緣，拿起一根枯枝插在離我約十公尺的地方，接著回到空地邊緣，走向一棵高約一公尺的小雪松，摸了樹幹後拍手兩次。熊立刻衝到雪松旁聞一聞，接著不可思議的事發生了。

兒子坐回我身旁的草地上，我們開始觀察眼前的景象。

熊聞了小雪松一會兒，接著往後退了幾步，彷彿在測量什麼。牠又跑到瓦洛佳把枯枝插進土裡的位置，突然用前掌挖起土來。

牠用強而有力的爪子挖土，不到幾分鐘就挖出直徑約八十公分、深半公尺的洞。牠看著自己的傑作，甚至把頭埋進洞裡，似乎在聞味道。

牠後來跑向瓦洛佳指定的雪松，挖起周圍的土。等到周圍好像變成一道壕溝後，牠用後掌坐在樹旁，前掌伸進壕溝，連著大塊的土壤拔起雪松。接著牠起身，前掌抓著那一大塊土，用後掌走到剛剛挖洞的地方。牠小心翼翼地坐下，把雪松放進洞裡，結果洞的直徑多出十五公分。牠往後退了幾步，看著目前的成果，接著又拔起雪松放在旁邊，再填一些土後才把雪松種回去。大功告成。

熊再度後退看著自己的傑作，看來很滿意的樣子，因為牠走回已經種下去的雪松旁，開始用土填滿雪松周圍的空隙。牠從地上舀起土，塞進空隙後用前掌拍一拍，把雪松周圍的土鋪平。

剛才發生的事情實在很有趣，但我之前就看過松鼠把乾香菇和堅果拿給阿納絲塔夏，以及幾隻狼與她一起玩樂、幫她抵擋野生狗群的攻擊。

除此之外，現在很多人都能去馬戲團看表演，欣賞動物耍出各種花招。我家的小狗松兒也會開心地執行很多命令。

我在泰加林空地所看到的，乍看很像馬戲團表演，只是不在高空圍著網子的表演場內，而是在大自然中。表演者也不是關在狹窄獸籠的馬戲團動物，而是自由自在的泰加林棲息者，或者說牠們是野生動物。我們可能覺得牠們是野生的，但對兒子而言，牠們是朋友和幫手，就像我們的寵物一樣。

然而，兩者仍有一個神祕而不可思議的差異。

寵物和家禽的忠誠是因為人讓牠們有吃有住。去看馬戲團動物表演的人應該也會發現，馴獸師每次在獅子或老虎成功完成指令後，都會從腰間的袋子或口袋拿東西給牠們吃。

馬戲團的動物一生關在籠裡，無法自己覓食，完全依賴人類。但在泰加林這裡，動物完全自由、有能力覓食及尋找棲身之所。雖然如此，牠們還是親近人類，而且不只親近，聽到呼喊後還會全速衝向人類並執行指令。牠們總是迫不急待，甚至帶點服從地執行指令，為什麼？牠們可以得到什麼回報？瓦洛佳沒給熊任何食物，但熊比馬戲團動物吃到食物後的表情開心好幾倍。

依照瓦洛佳指令種樹的熊站在原地，不斷變換前後掌的重心，專注地看著他，彷彿還想再做一次或執行別的任務。這還真是奇怪，一隻巨大的泰加林熊這麼希望為人類做點什麼，更何況對方還是一個孩子。

瓦洛佳不打算再給熊新的任務，而用手勢示意牠過來，雙手摸摸牠嘴邊的毛，稍微弄亂了一下，接著拍拍牠的嘴巴說：「你做得很棒喔，不像山羊那樣。」牠心滿意足地低吼，聽起來這隻看似凶猛的野獸開心到不行。

阿納絲塔夏說過：「人類可以散發看不見卻有益的能量，地球上的所有生命都需要這種能量，就像需要空氣、陽光和水一樣。即使太陽的光線也不過是人類偉大能量的反射。」

我們的科學發現很多能量，甚至知道如何自行發電、分離原子及製造炸彈。但我們的科學對於人類散發的能量——一種更有意義、更重要的能量，又有多深的研究？而且是用什麼方式研究？整個科學界有研究這種能量及其神祕潛能的學派嗎？有人研究人類整體的潛能，以及人類在全世界和全宇宙中的使命嗎？

或許有人不擇手段地阻礙人類瞭解自己？沒錯，就是阻礙。

不可能，人類的使命怎樣也不可能是耗費幾年的光陰，待在賭場或酒吧喝伏特加，或者站在商店的收銀台後或待在主管辦公室裡，也不可能是當超級名模、總統或流行歌手，這些都與人類的最大使命毫無關係。

但就是有某個神祕的他，強調這些現代職業和賺錢才是人生大事，大部分的電影和電視節目都在談論這些……完全沒有提到存在的本質，只是把人變成一個個笨蛋。

這不正是戰爭永遠打不完的原因嗎？不正是地球汙染越來越嚴重的原因嗎？人類看不到

生命的意義而迷失自我，於是靠著伏特加和毒品度日。

誰能阻止地球現在的墮落？科學嗎？但它袖手旁觀。宗教嗎？哪一種？有結果嗎？或許每個人都該好好反省，為了自己！想要反省就得學會思考，但要在哪裡？什麼時候？畢竟我們每天都在汲汲營營地生活。

就連稍微試著思考人類存在的意義都會受到干擾。販賣半裸體的淫穢雜誌，好啊！享受變態的性行為，好啊！展現並討論變態的獸性，好啊！媒體報導並討論嫖妓，好啊！

而越來越少人去觸及人生的意義和使命，那些漸漸變成了禁忌的話題。

我停止思考並望向兒子，他坐在旁邊的草地上，若有所思地看著我。我想他大概還想給我看什麼東西，於是我問：

「你剛在跟熊說話時提到山羊，那是什麼意思？」

「爸比，我怎樣也找不到牠們的使命。」

「為什麼要特地找？大家都知道山羊的使命就是給人羊奶。」

「是啊，羊奶，但說不定還能教會牠們什麼。」

「還能教什麼？為什麼要教？」

「我一直在觀察牠們，山羊會咬掉樹木和樹墩的樹皮，也能咬斷灌木的樹枝。如果讓牠們生活在家園中，會對裡面生長的植物帶來危險。為了避免這種情況，我試著教導牠們修整家園的綠色圍籬。」

「修整？」

「是的，爸比，修整。畢竟人類也會為了美觀修剪灌木叢，修成平面的牆或有造型的圖案。爺爺說你們把這稱為造景，可是山羊完全不知道我要牠們做什麼。」

「你怎麼教牠們？」

「現在就讓你看。」

瓦洛佳拿起用蕁麻纖維編成、約三公尺長的繩子，一端綁在一棵小樹，另一端穿過灌木叢。他接著用手示意兩隻山羊過來，分別摸摸牠們後，摸了一下灌木，甚至親自咬斷一個樹枝。他對山羊說了些話，牠們開始精力充沛地咬著灌木的樹枝。每當牠們接近繩子標示的界線，瓦洛佳都會拉拉繩子，發出表示不行的聲音。牠們會停頓一下，伸長嘴巴，一臉疑惑地看著兒子，接著又咬起灌木的樹枝，不理會繩子。

「你看，爸比，沒有用。牠們不知道自己要沿著繩子把灌木叢修整整齊。」

「我看到了，所以這就是你所說的問題嗎？」

「這不是主要的問題，爸比，是別的。」

「是什麼？」

「爸比，你看到了每種動物聽到我的呼叫時，都很開心地跑向我嗎？」

「看到了。」

「我和牠們合作好幾年了，牠們已經習慣和我溝通，而且只和我一人。牠們都很期待互動、期待愛撫，可是如果我要去你的世界，牠們一定會很想我，不會有人親近牠們，不會有人叫牠們靠近或給牠們任務。我覺得與人溝通、為人效勞已經變成牠們生活中最大的意義。」

「牠們不能和阿納絲塔夏溝通嗎？」

「媽咪有自己的圈子，有自己友好的動物，而且她很忙，沒有時間顧到所有動物。」

「但是這些，」瓦洛佳比著仍坐在空地邊緣的動物，「是我親自挑選的動物，我自己一個人和牠們合作了好幾年。三個月前，我請爺爺在我訓練的時候也要在場，雖然他有點怨言，但還是每次都在。但在不久前，他說他不能取代我。」

「為什麼？」

「爺爺跟我說：『我不像你一樣，我對訓練沒什麼興趣。』接著又開始嘮叨，說我不應該花這麼多時間在每隻動物身上，不應該這麼常給動物愛撫；說這些動物不僅把我視為領導者，也把我當作小孩，因為年紀比較大的動物都是看我長大，還當過我的保母。總之，我犯了一些錯，現在必須改正，但我沒辦法靠自己的力量改正。」

我看著仍坐在空地的動物，牠們看起來都在等待瓦洛佳給予指示或任務。我想像牠們會有多思念瓦洛佳，就像我的小狗松兒在我離開郊區小屋幾天或幾個星期後，也會非常想我。松兒有個溫暖的狗屋，我沒有把牠綁起來，牠可以在田間、森林裡或村裡亂跑。我還有位鄰居每天餵牠，煮粥給牠吃、拿骨頭給牠咬。但鄰居跟我說：「牠很想您，弗拉狄米爾先生。牠常常坐在門邊看著您回家的馬路，有時還會悲鳴。」每當我回家時，松兒都會直接衝向我，磨蹭我的雙腳，有時還欣喜若狂跳上來，試圖舔我的臉，用腳弄髒我的衣服。我不知道怎麼教牠收斂自己的情緒。

但坐在空地的這些動物……牠們在我們對話時，一直安靜地看著我們。牠們想要什麼？又沒有人強迫牠們這樣坐著或等待人類的指令……天啊……我的腦中突然清楚浮現一個想法，讓我的心震了一下。不是只有這些坐在泰加林空地的動物……而是地球上的所有動物都有自己的使命，都在期待與星球的最高存在——人類——接觸。牠們被創造出來的目的，就是幫助人類完成最高的使命。牠們和星球上的所有生命一樣，都是神為了幫助人類實現偉大的任務而創造的……但是人類……

我看著坐在泰加林空地的動物，終於明白兒子真的遇到一個嚴重的問題：他沒辦法直接丟下這些動物不管，但也沒辦法拋棄與一位女孩打造家園的夢想。

「沒錯，瓦洛佳，這真是一個大問題。看來無解了，沒有辦法。」我對兒子說。

「有一個辦法，爸比，但不是靠我解決。」

「不然是靠誰？」

「只有你可以解決這個問題，爸比。」

「我？怎麼可能？我無能為力啊，兒子。」

有解決的辦法

「爸比，只要你願意，就能幫我。」瓦洛佳小聲地說。

「你真的這樣認為？但你知道嗎，我真的不知道怎麼做。你可能覺得要靠我，但我真的不知道啊。」

我坐在草地上，兒子站在我的面前，以哀求的眼神看著我，動著嘴唇似乎在說什麼。從他的嘴唇看來，他很小聲地重複同一個詞。後來，他眼神沒有移開，清楚地說出這個詞：

「妹妹。爸比，我求你，求你和媽咪生個妹妹給我。我會親自照顧她長大，牠們都會幫我，我們不會讓你和媽咪操心。等她長大一點後，我會教她，把一切都告訴她，讓她留在我的空間，與我的動物待在一起。爸比，和媽咪替我生個妹妹吧，但當然要你沒有生病……或者不累，當然要你可以才行。爺爺跟我說過，你們世界的生活方式、不宜呼吸的空氣和骯髒的水源讓人經常生病、老得很快。爸比，你已經五十出頭了，但如果你累的話……沒什麼力氣的話，請給我三天的時間，只要三天就好，我替你準備所有東西，讓你恢復大量的元氣。」

兒子越講越激動，而我打斷他。

「等一下，瓦洛佳，你冷靜一點。沒錯，我是有點疲累，但我想我還是有力氣的。重點不是這個，原則上我不反對為你添個妹妹，但要生小孩，必須父母雙方同意才行。」

「爸比，我很確定，我知道媽咪一定不會拒絕。如果你同意，就別浪費時間了，開始準備生妹妹吧。我研究過了，爺爺也幫了我很多忙。我都算好了，一切準備就緒。你和我待三天三夜，哪兒都不去，也不要因為任何事情分心，爸比。這樣你就能恢復能量和力氣。」

「為什麼你覺得我沒有足夠的能量和力氣，瓦洛佳？」

「我沒有覺得不夠，不過可以更多。」

「好，我就在你這裡待個三天，但得先讓媽咪知道。」

「爸比，讓我自己跟她解釋。我說我們要一起做一件事情，她就不會追問或反對了。」

「好吧，那開始吧。」

我甚至開始好奇，兒子到底準備了什麼，可以讓人在三天內恢復大量的力氣和能量。我先預告，他為我準備的流程看起來雖然奇怪，但到了第三天，我的感受卻是難以言喻。說人年輕十幾二十歲並不恰當，我的外表雖然只年輕了五歲，但體內……我體內的運轉模式似乎不同了，我不僅有了全新的力量，周遭的世界也變得有點不同。

4 恢復青春

第一道程序

我才剛答應接受兒子設想的程序，他立刻示意周遭的動物離開，拉著我的手跑向湖邊。我們一路上停了幾次，瓦洛佳在不同的地方拔草，弄碎後揉成一團。揉好後，他要我吃下去，我也照做了。不到幾分鐘，我的身體開始出現變化：流出大量鼻涕，並開始嘔吐，吐到好像所有胃液都出來了。我什麼話也說不出來，倒是瓦洛佳先解釋：

「爸比，這是好事，你別擔心。這是好事，讓裡面不乾淨的東西全部排出來，只留下乾淨的東西，中毒都是這樣排毒的。」

我根本沒有力氣回答他，但心想：「是沒錯，中毒的確會吃引發噁心想吐的藥，還有蓖麻油這種幫助排便的東西。不過為什麼我要進行這道程序啊？我又沒中毒。」

瓦洛佳彷彿聽到我的問題，向我解釋：

「爸比，你當然沒有中毒，但你現在吃的食物與毒藥沒有兩樣，所以才要把你體內骯髒的東西全部排出來。」

吐完後，我擤出鼻涕、流了很多眼淚，還開始一直腹瀉。我跑進灌木叢拉了五次，每次都很久，整個過程持續兩到三小時之久，後來才和緩許多。

「現在好點了嗎，爸比？比之前好多了吧？」

「嗯。」我肯定地回答。

第二道程序

瓦洛佳又牽起我的手跑到岸邊，要我洗洗身子、稍微游泳一下。出水時，我看到他用土做了約一公升半的陶罐。

「爸比，現在你要喝這罐水，這叫死水，因為裡面的微生物很少。如果空氣汙染，不能喝這種水，但這裡的空氣很乾淨，所以可以喝死水。這種水可以清腸胃，把體內大量的微生物和細菌排出來。爸比，你要盡量喝。你喝完一罐死水，我會再給你一罐；喝完後，我會給你第三罐，不過是裝活水，這樣身體所需的微生物和細菌就能達到必要的平衡。」

我解釋一下，他們所說的死水是指細菌極少的地底深層水。我想我們喝的瓶裝氣泡水也算死水，應該說我們喝的都是死水，所以孩子常有「菌叢異常」的情況，尤其是嬰兒。

至於活水，他們認為是來自乾淨溪流或水源的表層水。

西伯利亞泰加林深處至今仍有這種溪流和水源。

我想特別提一件事：祖父後來曾向我解釋，從泉源直接飲用的水不能算是活水。要讓水活起來，必須把水裝在木製或陶製的寬口容器三小時左右。「活水必須吸收陽光，在陽光下才會產生人體所需的有機體，你們將這種有機體稱為微生物和細菌。」

水接著要放在陰影處至少三小時，之後就可以稱它為活水了。

第三道程序

「爸比，你想喝水的時候都可以喝，我們現在要進入下一個階段了。爺爺說，如果是來自外面汙染世界的人，整套流程一般需要十九天，最好三十三天。但因為你沒有時間，所以我縮短成三天了，不過我們可以的。跟我到另一個地方吧，我在那裡準備了一個裝置。」

從岸邊走了約一百公尺後，我在樹林間看到一個乾草鋪成可以躺下的地方，旁邊放了四條蕁麻或亞麻編成的繩子。

每條繩子的一端都打了結，另一端綁在樹上。我躺在乾草堆上時，瓦洛佳將我的四肢分別穿過繩結，稍微拉緊後，再用每條繩子中間的樹枝把我的四肢拉得更緊。他先是稍微拉了一下，接著突然像要把我的身體分開一樣拉扯我的四肢。我聽到關節嘎吱作響。他又拉了一次，對我說：

「爸比，你要這樣趴著、躺著至少各一小時。為了不讓你無聊，也讓效果更好，我會幫你做有益健康的按摩。你放鬆就好，想睡的話也可以。」

在這三天內，我和兒子每天都花兩個小時在這道程序上。

後來祖父跟我解釋，這道程序是要改善所有關節的潤滑，這對老年人特別重要。因為脊椎會被拉直，所以這個方法甚至能讓人長高，不過最大的優點還是改善關節的潤滑。自己想想看，我們在走路、跑步或上健身房鍛鍊肌肉時，幾乎所有運動都會增加關節承受的壓力，而這個作用完全相反：可以消除關節壓力。

每次伸展時，瓦洛佳都會幫我按摩。到了第二天，他還在我身上塗了某種甜甜的汁液或茶，很多昆蟲開始爬到我的身上。阿納絲塔夏跟我說過，牠們是在清我的毛細孔。在我們這邊想要清毛細孔，可以去洗俄羅斯浴，把樹葉綑一綑後拍打身子。洗蒸氣浴而流汗時，毛細孔就會變乾淨。伸展以外的其他時間，我們都是做常見的運動，像是跑步、游泳、把粗樹枝當作單槓做引體向上。瓦洛佳叫我每天雙手倒立三次，能撐多久就撐多久。倒立時，我會用雙腳靠著樹幹。這個方法也挺有趣的，因為血液都往臉部流，臉的肌膚會變緊緻、減少皺紋。

我們這三天的食物包括雪松奶、花粉、雪松子油、漿果和少量的乾香菇（這在我們平常住的地方也都找得到）。做完兒子提出的整套流程後，我思考如何將此應用在我們的生活中，最後得出一個結論：所有步驟都能在家中有效地完成。想要清理身體內部，可以去藥局買藥來吃、節食和使用利尿劑。取得死水也不困難，現在市售的瓶裝水都是死水。如果你知道哪裡有乾淨的泉水，還能喝到活水。

只要執行上述步驟，很快就會看到效果。

神祕的步驟

但兒子建議的整套流程中有一個神祕的步驟，在我們的生活條件下幾乎無法完成。我會一五一十地描述，說不定有人可以解惑，想出這如何在我們的生活中實現。步驟是這樣的：瓦洛佳會在早上、午餐前和下午三點過後這三個時段給我喝他準備的茶。

每到喝茶時間，瓦洛佳會跑到他的祕密基地，從洞穴中拿出一罐茶給我喝，但一次只能喝一口。他第一次給我茶時，跟我說：

「爸比，給你喝茶，要記得你喝了多大口。喝完後馬上躺在草地上，我要聽聽你的心跳有什麼反應。」

我喝完後躺在草地上，瓦洛佳把手放在我的胸口不動。過沒多久，我感覺身體的不同部位一下溫熱，一下刺麻。心臟跳得更加劇烈，但不是變快。我感覺心肌舒張正常，但收縮特別用力，使命地把血液送出去。後來有專家告訴我，如果微血管有稍微阻塞的情形，一旦有較多的血液急速通過，就會產生溫熱或刺麻感。

瓦洛佳聽著我的心跳好幾分鐘，然後說：

「一切正常，爸比，你的心跳可以承受更大口。但還是不要冒險，下次喝稍微小口一點吧。」

我問兒子為什麼要給我喝這種茶、茶的成分是什麼，他給我這樣的回答：

「爸比，這種茶會給你很多力量，如果生病的話還能治病，但最重要的是讓你恢復替我生妹妹的體力和元氣。」

「為什麼你覺得我的體力不夠？」

「也許足夠，不過你現在肯定有非常多的力量，也有你需要的所有能量。」

「這個效果是永久的嗎？還是生完一個小孩後就沒效了？」

「想生下一胎時還要再喝一次這種茶，畢竟牠們都是這樣做的。」

「牠們是誰？」

「貂和其他動物，不過我只觀察過貂。爺爺建議我要在什麼時候觀察、要觀察幾天。」

「爺爺怎麼知道？」

「爸比，爺爺擁有偉大智者祭司的所有知識，包括現代祭司都已經忘記的知識，以及數千年前被視為機密的知識。祭司每次想有小孩前都會喝這種茶；為了永生，他們在死亡前也會喝。」

「為了永生，他們在死亡前也會喝？這是什麼意思？」

「我的意思是，大家會認為他們已經死了，但事實上他們只是換了身體，馬上就會轉世重生，而所有知識、所有資訊都會留在體內。快速轉世重生還有很多方法，但只有少數辦法能將資訊留在體內，所以人在重生後必須重頭學習生命、學習所有知識，沒有辦法比較現在與過去的世界。這造成人對生命一無所知，也無法感受神，因此對生命常感到困惑。」

「不過你說爺爺保留了有關過去的所有資訊？」

「是的，爸比，我們的爺爺是偉大的祭司和智者，現在地球上只有一人的力量遠遠超過他。」

「他在哪裡？你說的這位最強大、最有智慧的智者在哪裡？是大祭司嗎？」

「是我們的阿納絲塔夏媽咪，爸比。」

「阿納絲塔夏？但她的資訊和知識怎麼可能比你的曾爺爺多？」

「爺爺說他知道的資訊太多了，反而受到阻礙，導致他常忘東忘西，但媽咪不受任何阻礙，因為她的體內什麼資訊也沒有。」

「什麼意思？到底她是知道更多事情，還是什麼資訊都沒有？」

「爸比，我說得不夠正確。阿納絲塔夏媽咪擁有一切資訊……整體上……她有更多的資訊，但都壓縮在感覺中。只要有需要，她可以在一瞬間感覺得到，而爺爺可能需要思考一兩天，甚至不止。」

「我不敢說我都明白，但確實滿有趣的。告訴我，那你呢？既然你都跑去問爺爺，是不是表示你對過去也一無所知？」

「對，所以才問爺爺。」

「為什麼？所以你的頭腦不如爺爺和曾爺爺他們嗎？關於這點，他們怎麼跟你說？爺爺大概會跟你說這是我的錯？」

「爺爺從沒這樣跟我說過。」

「媽咪呢？她說了什麼？」

「我問過媽咪為什麼我的知識不如前人，不如她和爸比你。媽咪回答我說：『兒子啊，宇宙的所有真相、從原始起源累積至今的所有資訊都已給了人類，沒有半點隱藏。不是每個人都能明白及利用，因為人生目標和靈魂志向與宇宙的渴望不相對應。人類可以自由、全權地選擇宇宙以外的道路，但神也有自由，可以自由地選擇何時給誰提示，以及如何給。你不要因為自己的知識不足而感到難過，你要尋找自己的夢想，相信只要誕生在你身上的夢想值得創造，所有的一切都會完整地賦予你。』」

「嗯……瓦洛佳，所以你從這段話明白了什麼？」

「只要我對夢想和人生目標想得非常仔細，我的體內就會出現實現夢想所需的一切知識。」

「所以你現在還是要向爺爺請教嗎？」

「對，不只是爺爺，還要向媽咪和你請教，我也要試著自己思考。」

「也就是說，你這三天給我喝的這種特別的茶，我得向爺爺請教成分囉？」

「爸比，成分的話，我可以告訴你。」

「說吧。」

「成分是來自泰加林的草。為了知道要拔哪些草、比例要多少，我觀察了一隻也想成為父親的公貂三天三夜。爺爺跟我說過，母貂不會讓沒有準備好的公貂靠近。我在那幾天觀察牠吃了哪些草、什麼時候吃，這一點也很重要。我會採集牠吃的所有草，只是數量要多一點，畢竟你的體型比牠大很多，爸比。

「每一種草都採一點後放進容器搗碎，直到出汁為止。搗的時候只能想著開心、美好的事情，想爸比你、想媽咪、想我未來的妹妹。我把搗好的泥倒入陶罐，用水淹過後加入雪松油，油會在最上方形成薄膜。爸比，你剛在喝下茶後，心跳慢慢加快，我就知道茶對你有幫助。」

聽兒子講話時，我心想：「很少人有機會能在野外觀察貂，但可以觀察貓或狗都吃哪些草：必須把貓或狗牽到或載到森林，再觀察牠們的行為。如果可行，要判斷牠們都吃什麼草。」

我對兒子準備的茶感到非常好奇，因為我才短短喝了三天，便明顯感覺到效果。看來如果做完十九天或三十三天的療程，再搭配其他運動，真的可以免除人的各種病痛、停止身體老化，在某種意義上恢復青春。我想再次強調，即使只有三天也能證明確實有效。

但這其中仍有民族的智慧和科學的根據。

現代人難免都去過藥局，看過藥廠針對各種疾病生產的植物性藥物。多數人也知道大自然中有很多種藥用植物，但不是所有人都知道要在對的時間採集，藥草才能發揮真正的預防或治療效果。

製作植物性藥物時除了其他所有重點之外，還要考慮藥用植物的比例。由此可知，想要製作類似的藥草茶，有太多重點要記了。我很懷疑現在是否有任何草藥師知道所有重點。我很希望藉這個機會送給讀者一個禮物，介紹一個從未公諸於世的養生妙方，而且製作方式要比兒子的簡單，這樣大多數的人才能準備。

兒子準備的三天療程結束後，他說想要早點躺下來休息（原來他這三天都睡不到兩三個小時）。等他睡著了，我立刻動身前往阿納絲塔夏的空地。兩個問題讓我非常好奇：為什麼我們的兒子不像爺爺那樣擁有過去的知識呢？第二，他為我準備的茶有沒有比較簡單的做法？

景象

但製茶的想法漸漸被我拋諸腦後，我開始想著我未來的女兒。一方面，阿納絲塔夏生女兒也是一個不錯的主意；可是另一方面，女兒長大後，擁有自己的空間，或兒子把自己創造的空間給她，她仍會遇到瓦洛佳現在面臨的問題。此外，她在泰加林要嫁給誰呢？

她要到我們的世界生活也是一件不簡單的事，她得丟下自己的空間和那些忠誠的動物朋友。恐怕也不會有年輕人願意與她住在泰加林。對外來的人而言，泰加林深處不是很舒適。而且老實說，對我而言也不是很舒適。與阿納絲塔夏聊天很有趣，甚至非常吸引人。每當她在身邊，我的內心就會感到平靜、愉悅。但只要我獨自一人、她不在身邊時，我就會覺得不自在，甚至有點害怕。

動物對待阿納絲塔夏和兒子的方式與我有天壤之別，牠們當然不至於攻擊我，卻在每次見到我時，都投以戒備的眼神。我曾趁著阿納絲塔夏在場時，指示松鼠幫我撿雪松果。我的手勢和阿納絲塔夏一樣，松鼠卻毫無反應。我某次還試著叫母狼來我身邊，學阿納絲塔夏朝牠敞開雙臂，然後用手拍了大腿，但母狼沒有跑向我，反而站在原地，全身的毛豎了起來，一副兇狠的樣子。後來我便完全無意與這些動物溝通，我知道牠們永遠只對一個特定的人忠誠。

由此可知，如果有年輕人來女兒的空間找她，一定會渾身不自在。瓦洛佳沒有為妹妹想到這點，看來他雖然可憐那些動物，卻沒有考慮到妹妹。我居然也沒想到這點，還傻傻地鼓勵他。

想得入神的我沒有發現已經到了阿納絲塔夏的空地。我往熟悉的洞穴走了幾步，看到阿納絲塔夏側身站在前方，用手梳著頭髮。我愣在原地不動，因為她不像我認識十年的那個女人。當她轉身看我，我的雙腳直發軟、心臟撲通撲通地跳。我發現自己動彈不得。

在我前方十到十五步的距離，站著一個有如童話故事場景中會出現的女人。她穿著一件看似晚禮服的淺色薄洋裝，長及腳踝，纖細的腰上綁著腰帶，頭上戴著以花草編成、有如皇冠的頭飾，金色的頭髮像波浪般滑過她的肩膀。但不只這樣，她勻稱的身材和臉蛋簡直美到無法言喻。

我站在原地，不敢有任何動作，目不轉睛地看著阿納絲塔夏，彷彿只要我移開視線，就會失去意識。我開始感到一陣暈眩，但仍緊盯著她。我的指甲緊緊掐入手心，想要擺脫這種奇怪的感覺，但幾乎沒有什麼痛覺。而當眼前這位美貌出眾的女人緩緩而優雅地朝我走來，我已經完全感覺不到痛，甚至整個身體都失去了知覺。她慢慢走到我的正前方，讓我想起她身體迷人的香氣是什麼感覺。我感覺到她輕柔的鼻息，然後就……失去意識了。

醒來時，我發現自己躺在草地上，阿納絲塔夏坐在旁邊，替我按摩太陽穴和鼻樑。她的頭冠拿下來了，頭髮用小草綁在背後。看到她那雙我非常熟悉、溫柔的灰藍色眼睛，我的心情幾乎完全平復。聽到她的聲音時，我也回過神來：

「你怎麼了，弗拉狄米爾？累壞了嗎？還是兒子讓你操煩了？」

「兒子？正好相反，他這三天都在替我治療。我們做了很多活動。」

「所以是累壞了？」

「是瓦洛佳累到睡著了，我反而精神非常好。」

「那為什麼你剛昏倒了？你的心臟好快，現在也還沒完全恢復。」

「因為……阿納絲塔夏，為什麼妳剛穿得這麼不一樣？頭髮與平常不同，朝我走來的步伐也不一樣。」

「我想做讓你開心的事，弗拉狄米爾，畢竟你比較習慣看精心打扮的女人。我原本想與你一起在泰加林或沿著湖岸散步，不過你現在躺在這裡。如果你想休息的話，去洞穴小睡一會兒吧。」

「先照妳說的去散步吧，」我起身說，「不過，阿納絲塔夏，請妳走在我後面。」

「為什麼？」

「因為……對，我是比較習慣看精心打扮的女人，但妳最好不要打扮成那樣，頭髮不要弄成那樣，也不要裝飾成那樣。」

「你不喜歡嗎，弗拉狄米爾？」阿納絲塔夏走在我後面問。

「不是這樣的，我很喜歡，只是妳下次要一步一步來，像是先弄頭髮，過一段時間再戴頭冠，一兩天後再穿洋裝，但先不要綁腰帶，等之後再綁。如果一次改變所有穿著，我會不習慣的，太奇怪了。」

「奇怪？所以你剛才是不認得我嗎，弗拉狄米爾？」

「認得，只是……妳的美貌讓我無法自拔，阿納絲塔夏。」
「啊哈，你承認了，你承認了。所以你覺得我很漂亮囉？」
我感覺到她的雙手搭在我的肩上。我停了下來，閉上眼睛轉身回答：
「阿納絲塔夏，何止漂亮，還……」
她往我的身上傾，頭靠在我的肩上。
「阿納絲塔夏，我們的兒子想要一個妹妹。」我輕聲地說。
「弗拉狄米爾，我也希望我們有個女兒。」阿納絲塔夏小聲地回答。
「願女兒像妳一樣，阿納絲塔夏。」
「願女兒也能像你……」

＊＊＊

我無法形容那天晚上和隔天早上的事情，因為實在難以言喻，但我想向我的男性讀者說一件事：如果你在認識的女性身上看到女神，那麼你的白天、晚上，你的許多日日夜夜都會變得神聖。在她們面前，所有過去的不幸都會消逝，未來也不再有不如意。我說的不是故做多情，也不是在說好聽的話，重點在於……

無論如何，如果有這個能力或意願，就讓每個人自己領會吧。

5 神聖的飲食

過沒幾天，我想起自己要向阿納絲塔夏詢問療效茶方，並替讀者詢問正確的飲食或營養攝取。幸好我還記得。阿納絲塔夏似乎知道非比尋常的獨特飲食法，都市人也能受惠。

出乎意料的是，阿納絲塔夏沒有馬上告訴我茶方，反而講起人類的能力，講起病患和治療師。這不是我們第一次談論這個話題，但她這次說的特別有趣。

「弗拉狄米爾，事實只能由自己判斷。地球上生活的每個人都有能力看見數千年前的人類生活、展望未來，並且建立未來的生活。人人身上都有這種強大的能力，但必須自己意識到這點。一旦意識到，誰也無法讓你遠離真相。大家會開始和平共處，永無止盡的戰爭也會停止。

「有人花了極大的力氣扭曲過去的事實。若不自己判斷事實，而是聽信他人對過去的三言兩語，就會讓他人有機可趁。」

「阿納絲塔夏，我不太明白住在地球上的人如何能靠自己的能力知道數百年前的人類生活，更遑論數千年前了。有一種科學專門研究人類史，但科學家對人類的起源和使命至今仍有爭論，對歷史事件有不同的詮釋方式。」

「方式不同不就代表詮釋有真有假嗎？說不定所有的詮釋都在扭曲過去？一般而言，扭曲都會對某人有利，但當你靠自己重建過去的景象，你就能看見真相，也能找到自己在宇宙中的使命和地位。」

「但我要如何靠自己看見像是數千年前的歷史景象？」

「你可以透過邏輯思考去想像。這樣一來，就連吠陀羅斯文明的生活也會浮現在你眼前。」

「要用邏輯思考什麼？」

「思考你一生這半個世紀以來所看到的人類景象，以及這過去以來所發生的變化。」

「我不太明白，到底要思考什麼？」

「不要懶於思考，你就會明白的。來吧，弗拉狄米爾，我們先一起開始，之後你再自行接續下去。每個人都有能力重現過去的景象，這樣才能把最好的帶到未來。」

「好吧，不過妳先開始。」

「那我開始了，看好了。如果可以的話，你可以替我補充細節，這很重要。你也看到了，現在醫院和藥局林立，販售上千種疾病的藥物。」

「是的，這大家都知道，所以呢？」

「你還記得不過三十年前，醫院和藥局其實很少嗎？」

「當然記得。」

「那一兩百年前呢？」

「還要更少，大家都知道現代醫學的發展才兩百多年。」

「你看，你的邏輯帶你得出了一個結論：不久前連一家醫院都沒有。再思考、回憶一下：以前的人如果生病，要找誰治療？」

「誰？」

「你以前住在小村落時，曾經看過奶奶給你爸媽喝藥草茶吧。」

「我的村落不只我奶奶會治療，其他人也會。」

「每個人類聚落一定都有人懂得採集和保存藥草。無論大小病，每個人都能及時獲得幫助。而且幫助所需的酬勞十分微薄，通常一句謝謝就夠了。」

「當然呀，他們都是鄰居，而且附近到處都有各種藥草。」

「是的，有很多實用的藥草，也有很多人知道這些草的特性。」

「當然，他們知道。我也知道一點，只是現在忘了。」

「你看，你忘了，很多人也忘了。現代人如果受傷會怎麼做？」

「去藥局買繃帶或ＯＫ繃包住傷口。」

「也就是花時間去藥局花錢買藥，但以前的小孩都知道只要把車前草葉敷在傷口上，很快就能癒合，而且不會感染。」

「這我也知道，但現在很多地方的草都有汙染，到處都是汽車廢氣、灰塵和酸雨。」

「你說的沒錯，但這不是重點。我們剛在談論過去時，你可以得出一個結論：以前人的治療知識超越現代人。」

「可以這麼說吧。」

「弗拉狄米爾，你的語氣聽起來有點懷疑或不太確定，這樣意象不會浮現在你眼前。你必須完全確定，或是完全否定。繼續跟著邏輯思考吧。」

「我跟妳說，阿納絲塔夏，所有邏輯都告訴我，在民俗療法方面，以前人的知識確實超越現代人，甚至可以說大幅超越。這種知識帶來的治療照護也比現代完美許多，但要人馬上承認現代的醫院、藥局和科學機構都無用武之地，這實在很困難，這是不可能的事啊！吠陀羅斯文明的人——我們的祖先——生病時會吃藥草或喝草本茶治病；現代文明的人生病時會去醫院花錢看醫生，由醫師開藥或打針，而且還要花大錢買藥。此外，很多藥物都是假的。衛生部的官員曾說，藥局販售的藥物高達三成都是假的。更糟的是，各種可怕的不治之症層出不窮。看來是有人刻意破壞我們完美的知識，用虛假或療效不及以往的東西取代。另外，正統醫學至今仍對民俗治療師處處提防，彷彿將他們視為競爭對手。但為什麼我們的政府和社會沒有發現，人類千百年來都是靠民俗療法痊癒的呢？為什麼他們不明白民俗療法累積了數百年的豐富經驗，是值得發展及研究，甚至在學校教導的呢？

「但這表示整個現代醫學產業都會瓦解……真是難以相信！阿納絲塔夏！太不可思議了！我好像明白了，現代醫學與其說在救人，不如說是一門最普通不過的生意。如果說是生意，那麼所有藥廠巴不得大家都生病，這樣才有利可圖。病人越多，賺得越大。根據商業的常態，病人的數量在這種情況下只會越來越多。這是一種惡毒的體系。我開始相信從前的健康照護比現在合理、有效多了，但仍有幾個過去的事實令我不解。」

「什麼事實？」

「像是史料中有過去瘟疫、天花和痲瘋爆發的紀錄，有些史書還寫到一些村莊因此滅村。真的有這種事嗎？」

「有。」

「但是現代醫學戰勝了瘟疫、霍亂和天花，例如現在人人都會接種疫苗，天花從此消失匿跡。這就表示，過去的民俗治療師無法對抗這些疾病，而現代醫學可以。」

「不是這樣的，弗拉狄米爾，你要注意當時的背景並比較一些簡單的事實。你說的傳染病是在治療師開始受到迫害後爆發的，很多人甚至被處死。玄虛時期的上位者將他們視為眼中釘。無論以前或現在，大家都認為自然信仰者崇拜自然，所以沒有信仰。事實並非如此，自然信仰者是將自然視為神的創造而崇敬，他們知道很多現代人不曉得的神聖創造。」

「好了，阿納絲塔夏，我不懷疑了。現代醫學確實遠遠不如民俗療法，我相信這點，但為什麼妳要花這麼大的力氣說服我？」

「不只是你，還要讓你的讀者透過比較事實來明白一切。」

「但為什麼要這樣？」

「只要找出一個毫無爭議的事實，從中得出的結論也不會有人懷疑。這些結論聽起來可能會難以置信，但請先別太快驚訝，弗拉狄米爾。」

「什麼結論會讓人難以置信？」

「先回答我一個問題，告訴我大多數人是怎麼想的，他們覺得為什麼以前的人對大自然瞭若指掌？」

「什麼意思？如果你說的是民俗療法的藥方，不就是代代相傳的知識嗎？」

「就照你說的代代相傳好了，可是你應該也同意，在那千萬個藥方之中，每個藥方一定都有一位最原始的發明人吧。」

「邏輯上來說肯定有，但這些藥方的起源已經不可考了。」

「當然可考！造物者將所有知識賦予給所有人，讓他們產生偉大的創造，不會有人例外。弗拉狄米爾，我會向你和所有人證明，別馬上認為我說的話又是不可思議。」

「我盡量，妳說吧。」

「大家都覺得最初始的人類遠比現代人笨，事實不是這樣的，弗拉狄米爾。原始起源的人類從一開始就擁有了神聖的知識。」

「什麼叫『從一開始』，阿納絲塔夏？是神親自寫了各種的藥草處方嗎？可是歷史學家認為人類的知識是世世代代累積的。」

「但如果照你這樣的邏輯，會得出完全不同的結論。」

「什麼結論？」

「人類不是神的完美創造，而是地球上發展程度最低的生物。」

「何以得出這個結論？」

「你自己判斷看看，你的狗在生病時知道要吃哪些草，貓也知道要去樹林找牠需要的草，可是沒有人替牠們寫處方。蜜蜂知道如何從花朵上採蜜、築蜂巢、貯藏蜂蜜、採花粉，以及繁衍下一代。在蜂群天生的知識中，哪怕只是少了一個環節，都會導致整個蜂群死亡。

「但蜜蜂至今仍然存在，這無非代表了一個道理：造物者從創造的那一刻起，就把所有知識給了蜜蜂，蜜蜂才不至於滅絕，反而存活了數百萬年，至今仍和創造之初一樣築著牠們獨特的蜂巢。螞蟻也是如此，一樣蓋著蟻窩。花兒和創造的第一天一樣，持續隨著日出綻放。蘋果樹、櫻桃樹和梨子樹精確地知道要從土壤吸取哪些液體，才能長出果實。所有知識從創造之初就給了萬物，人類也不例外。」

「說得沒錯，真是不可思議，邏輯的確全導向這個結論，這也表示……等等，這些知識現在去哪裡了？」

「保存在每個人的身上，人人都能獨立做出藥草茶的療癒配方。」

「但要怎麼做？」

「弗拉狄米爾，神從一開始就給了人這種知識，這讓人可以治好很多疾病及延長壽命。配方很簡單，但也不太容易，要用頭腦自己好好想一想。我從史前時期說起吧。」

＊＊＊

吠陀羅斯文明的人都能活一百歲以上，他們不知道人體會有什麼疾病。他們按照神的安排進食，不過造物者也不是隨意安排，而是經過深思熟慮後，特意安排小草、蔬菜、漿果和水果不要一起成熟，讓它們按照嚴謹的順序一個接著一個成熟。

有些在早春成熟，有些則在夏天或秋末成熟，但都是在果實對人體最有益的時間成熟。

住在祖傳家園的人按照神的安排進食，完全不會生病。進食的時間和食物種類都由神安排好了，人則自己決定要吃多少食物，但不是靠頭腦決定，而是想吃多少就吃多少。人的身體可以精準地決定進食的數量，每一公克都無誤差。

秋天時，每個家庭會貯存漿果、根莖類蔬菜、藥草、堅果和香菇。到了冬天，家中的桌上都有盤子放著夏季的部分收成。每位家人都在忙自己的事，但只要餓了或渴了，就會走到桌前，毫不猶豫地拿起想吃的食物。弗拉狄米爾，你要知道他們是毫不猶豫地拿食物。身體精準地知道要吃什麼、要吃多少，因為神賦予了每個人這種能力。現在我們也能重現這種能力，只需要一點提示就行。

我為現代人調整了吠陀羅斯的飲食方法，你可以試試看，也鼓勵別人嘗試。方法是這樣的……

＊＊＊

住在現代公寓的人必須取得當地生長的所有蔬菜、水果和可食用的草，數量不必多，每種一兩百公克即可。

食用這些作物的前一天不能進食，只能喝泉水，中午另外喝一杯紅甜菜汁。喝完後最好不要出門，讓身體開始進行密集的腸胃清理。

隔天早上起床感到飢餓時，隨機把蔬菜、水果或草放在小盤子上，坐在桌前仔細地觀察盤子上的作物，聞一聞、舔一舔，接著不疾不徐地咀嚼並吞下。此時房間最好沒人，最好隔離人工世界的聲響。

吃完一種作物後，飢餓感可能不會馬上消失，或者過沒多久又出現。這時再任意拿起第二種作物，像吃第一種作物那樣吃下去。

所有當地取得的作物都要吃到，順序不拘，但間隔時間要短。

進食時間視飢餓而定，但一定要從早上開始。

一天下來，應能吃到當地所有的作物，但如果作物種類多，一天吃不完的話，可以延到第二天吃。

這個過程非常重要，多數人可能是人生第一次讓身體有機會認識作物的味道和特性，以及判斷在當下是否需要某種作物，而且該吃多少。

等到身體熟悉所有作物後，拿出大一點的盤子，把每種蔬菜切成小塊放在盤子上；接著把小把的葉菜、草和漿果放在這個盤子或別的盤子上。盤子上容易壞掉的作物都要用泉水浸泡。

桌上還要放蜂蜜、花粉、雪松油和泉水，接著就能做自己的事，等到餓了再從桌上拿想吃的食物來吃，用手拿或木湯匙舀都沒關係。

你可能會把某些食物吃光，某些食物則沒有動過。這表示你最聰明的私人醫生、營養師——也就是造物者賦予你的身體，當下為你選擇了最需要的食物，暫時不需要的食物就不會吃到。

沒有吃到的食物隔天不用放在桌上，但三天後要重新擺出所有作物，因為那時的身體可能需要別種食物。

漸漸地，你便能判斷哪些食物暫時可以排除，所以不用浪費力氣取得。但也有可能過了一段時間後，身體又會需要那些食物，所以才說要每隔一段時間就在桌上擺出所有食物種類。

我知道你們世界的人經常需要外出，但這種情況也能有對策。舉例來說，你可以買或自製白樺樹皮容器，接著把桌上的食物都拿一點放進去。身體會自己選擇需要的食物。如果出遠門，還必須讓身體熟悉新環境的食物，因為就算食物名稱相同，味道仍可能有差異。

對於這種飲食方法，弗拉狄米爾，你要明白一個重點：不僅所有動物天生能夠判斷哪種食物在哪個時間對身體最有益，以及要吃多少最好，每個人也有這樣的知識。

我們兒子的想法很好，他為了幫你，用泰加林的草泡成藥草茶，開始觀察貂的行為。但如果你自己知道每種草的味道，你的身體會比貂更精準地挑選所需的藥草。你回家後，要讓你的身體認識當地容易取得的食物是什麼味道。不要把食物混在一起或加鹽，否則你的身體會無法判斷食物的價值和重要性。

＊＊＊

人人都能自己決定有療效的飲食和食譜，這個方法讓我覺得非常新奇卻很合理。身體對食物數量和種類的需求肯定因人而異，所以不可能有人人適用的標準食譜和飲食。但透過阿納絲塔夏提出的方法，人人都能自己決定最準確、最有益的個人飲食。看來人類想出來的食譜對身體不一定有益，反而比較像為科技而生，對現代食品的製造商比較方便而已。以麥當勞這個規模最大、影響最深的全球知名企業為例，他們用統一的漢堡、起司堡和一包包的薯條擄獲全世界，讓所有人跳進統一標準的陷阱中。想當然耳，這樣的制度對製造商非常方便——統一的產品、統一的設備和烹煮技術。這種統一性與自然的飲食方法相去甚遠，而且對身體有害。全球有越來越多人體悟到這點，於是在二〇〇二年，將每年十月十六日正式訂為反麥當勞日（同時也是聯合國世界糧食日），反對推廣偽裝為食品的垃圾食物、針對兒童刊登洗腦式廣告、壓榨勞工、非人道對待動物、破壞自然環境，以及全球企業操縱我們的生活。

全球越來越多反對人士將麥當勞視為現代資本主義的象徵，控告美國「垃圾食物」企業的案件一個個出現，包括麥當勞、肯德基、漢堡王和溫蒂漢堡。這是為了數百萬名消費者著想，阻止企業設法以不道德的手法推廣對健康有害的食物，害得消費者迷失自我，最終深受肥胖、心臟病等多種嚴重影響健康的問題所害。歐美地區越來越多人擔憂這種健康威脅，再加上牛隻疾病（如狂牛症）、以基因改造飼料餵食動物，以及人類直接食用基因改造作物

（馬鈴薯、玉米），或將這些原料用在其他食品（巧克力、糕點）。

不過只有飲食體制是為了某些人的利益而產生的嗎？現代的政府制度是否也是如此呢？就以現代民主社會為例好了，這種制度適合人嗎？我非常好奇阿納絲塔夏對此的想法。

「告訴我，阿納絲塔夏，如果有人可以為了利益而創造一套犧牲眾人的飲食體制，我們的社會結構是不是也是有人為了自己的利益應運而生的？」

「對。你想想看，弗拉狄米爾：世代更迭，社會結構的名稱一直在變，但本質都是一樣的，就是剝削人類。」

「嗯，不是全部都一樣。舉例來說，我們之前有奴隸制度，但現在實施了民主。我認為在民主體制下，剝削的情形比起蓄奴時期已經大幅減少了。」

「弗拉狄米爾，你想看看過去的場景，讓我告訴你一則寓言嗎？」

「想。」

「看好了。」

6 魔鬼克拉契

一個個奴隸緩緩地走著，每人身上揹著光滑的石塊。他們成四路縱隊，綿延一公里半之長。從採石場到興建中的堡壘城都有衛兵駐守，每名武裝衛兵負責看守十個奴隸。隊伍的盡頭是一座用石塊堆成的十三公尺人造山，山頂坐著一位大祭司克拉契。過去四個月來，他一直靜靜地觀察工程進度。沒有人打擾他，甚至瞄他一眼也不敢，深怕打斷他思考。奴隸和守衛都已將這座人造山和山頂的寶座當成自然景觀的一部分，不會去注意那人究竟是坐在寶座上不動，還是在山頂平台上走來走去。克拉契誓言重建國家，要在未來的一千年內讓所有地球人——包括國家的統治者——俯首稱臣，成為祭司的奴隸，藉此鞏固祭司的權力。

＊＊＊

有一天，克拉契找了替身坐在寶座上，自己走到山下。這位祭司換了一套衣服、拿下假髮，命令守衛隊長替他銬上腳鐐。他扮成一般的奴隸混入隊伍，排在一名年輕有力的奴隸後方。這名奴隸叫做納德。

克拉契看著一張張奴隸的臉孔，發現這名年輕奴隸的眼神總是若有所思、鬼鬼祟祟的樣子，不像大多數奴隸的眼神都很渙散、空洞。納德一下聚精會神，一下露出興奮的神情。

「他一定在盤算什麼。」祭司心想，但他想確定自己的觀察是否正確。

兩天來，克拉契一邊拉著石塊，一邊偷偷觀察納德；吃飯時坐他旁邊，就寢時也睡他旁邊。到了第三天晚上，長官才剛下達就寢指令，克拉契便轉身面向這位年輕的奴隸，以痛苦而絕望的聲音低語，但不是直接對他說：「難道這種生活要持續一輩子嗎？」

祭司看到年輕奴隸抖動了一下後立刻轉身，眼睛炯炯有神，即使在大營房昏暗的燈光下也清晰可見。

「再不久就會結束了。我有一個計畫，老先生你也能參與。」年輕奴隸輕聲地說。

「什麼計畫？」祭司嘆了一口氣，假裝不在意地問。

納德開始驕傲且充滿信心地解釋：

「我跟你說，老先生，我們所有人很快就能恢復自由，不用再當奴隸。老先生，你想想看，每十個奴隸只有一名守衛看管，每十五個煮飯、縫衣服的女奴隸也只有一名守衛看管。只要時機對了，我們所有人一擁而上，一定可以擊倒守衛。就算守衛有武器，我們被綁著，但我們一打十，身上的鎖鏈還能充當武器，抵擋他們的劍。我們要搶走所有守衛的武器，把他們全部綁起來。」

「唉呀，年輕人。」克拉契又嘆了一口氣，假裝事不關己的樣子，「你的計畫不夠周詳：即使可以從監督我們的守衛手中搶走武器，但過不了多久，統治者就會派新的守衛過來，甚至派大軍處死叛亂的奴隸。」

「這點我想過了，老先生。要挑軍隊不在的時機，而這個時機就快到了。我們都知道軍隊最近正在備戰，為三個月的出征準備糧餉，表示他們三個月後才會到達目的地、作戰。他們的戰力會被削弱，但最終仍會戰勝，帶回更多新的奴隸。為了容納這些奴隸，他們才蓋了新的營房。等到統治者的軍隊開戰，我們就開始行動，搶走守衛的武器。傳令兵至少也要一個月的時間，才能把即刻撤軍的命令傳達過去；戰力削弱的軍隊至少也要三個月才會回到這裡。我們足足有四個月可以準備對付他們。我們的人馬不會比他們少，被他們抓來當奴隸的人看到我們行動，一定會願意加入我們。這些我都想好了，老先生。」

「嗯，年輕人，按照你的計畫和想法，我們確實能搶走守衛的武器，甚至打敗軍隊。」祭司這次雀躍地回答，並補充問道：「但奴隸之後要做什麼？統治者、守衛和軍人會有什麼下場？」

「我還沒想這麼多，目前只有個想法：過去淪為奴隸的人都能恢復自由，而現在不是奴隸的人以後都會變成奴隸。」納德說話不太確定的樣子，彷彿只是把內心的想法講出來。

「那祭司呢？告訴我，年輕人，你贏了以後，祭司會不會變成奴隸？」

「祭司嗎？我也還沒想過，但我在想，祭司可以維持原樣，而奴隸和統治者聽從他們的指示。雖然他們說的話有時很難理解，但我覺得他們是無害的。他們可以談論神吧，不過我們自己最清楚要怎麼過生活、怎樣過更好的日子。」

「過更好的日子，聽起來不錯。」祭司回答，接著假裝要睡的樣子。

但克拉契一整晚都沒睡，一直在想：「只要把年輕奴隸的陰謀告訴統治者，自然可以抓到他，因為顯然他就是主謀。但這不是一勞永逸的辦法，奴隸肯定還會再有恢復自由的想法，然後會出現新領袖、密謀新計畫。只要有這種事情，國家最大的威脅永遠都在。」

克拉契想讓全世界變成奴隸，但他知道這不能光靠蠻力，還必須對每一個人、所有民族從心理層面下手，讓他們相信做奴隸是最幸福的事。他必須想出一個可以自我運作的計畫，扭曲所有民族的時空和觀念，特別是他們對現實的認知。克拉契越想越起勁，思考速度快得讓他感覺不到自己的身體、沉重的手銬腳鐐。忽然間，他靈光一閃地想出一個計畫。雖然細節尚未成形，他也說不上來，但他感覺得到這個計畫正在爆發。克拉契覺得自己是世界的唯一主宰。

祭司躺在床上，手腳都被銬著，但他興奮得無法自已。「明早他們帶我們去工作的時候，我要暗示守衛隊長將我帶離隊伍，解開我身上的鎖鏈。我要把計畫的細節想清楚，接著說幾句話後，世界就會開始改變。太棒了！只要幾句話，整個世界都會臣服於我、我的思想。神的確把宇宙間無可匹敵的力量給了人類，這個力量就是人類的思想。從思想生出的幾句話將會改變歷史。

「現在的情況對我出奇有利。奴隸想出造反的計畫，照道理說，這個計畫確實能為他們暫時帶來正面的結果，但我只要講幾句話，不只他們，連他們的後代和地球上的統治者，在未來的數千年都會淪為奴隸。」

隔天早上，守衛隊長依照克拉契的指示解開他的鎖鏈。一天後，他便邀請其他五位祭司和法老到他的瞭望台，開始對他們說：

「待會聽到的事情誰也不准記下來或洩漏出去。這裡四周都沒有牆，除了你們，不會有人聽到我說話。我想到一個辦法可以讓地球上所有的人都變成我們法老的奴隸，這點就算依靠大批軍力或連年征戰都不可能做到，但我只要幾句話就能達成。講這幾句話後只要兩天，你們就能見證世界開始改變。你們看下面好幾排長長的隊伍，每個被銬著的奴隸都在搬運石塊，還有一群士兵看管他們。我們以前都覺得奴隸越多，對國家越好。但奴隸越多也代表叛亂的風險越大，所以不得不擴編守衛。我們必須餵飽奴隸，他們才有力氣幹活，但還是有人偷懶、想要造反。看他們動作慢吞吞的，守衛也懶得鞭打他們，甚至不去理會身強體壯的奴隸。但他們以後就會加快動作，不再需要守衛盯著他們，守衛也會變成奴隸。方法是這樣的：今天日落以前，我會派傳令兵四處公告法老的命令：『等到明天黎明，所有奴隸都會完全獲得自由。恢復自由的人每把一個石塊運到城裡，就能獲得一枚金幣。金幣可以用來換食物、衣服、房子、城裡的皇宮，甚至一座城市。從此以後，你們都是自由之身。』」

幾位祭司明白克拉契的計畫後，年紀最大的祭司開口：

「你是魔鬼，克拉契！你想出來的方法真是可怕，地球上絕大多數的民族都無法倖免。」

「魔鬼又何妨？以後的人都會把我的方法稱為民主。」

＊＊＊

日落時，所有奴隸都已知道這道命令。他們相當驚訝，很多人晚上睡不著覺，一心想著他們未來幸福的新日子。

隔天早上，幾位祭司和法老回到人造山的瞭望台，不敢相信自己看到的景象。上千位之前還是奴隸的人爭先恐後地拉著和之前一樣的石塊，很多人甚至汗如雨下地搬運兩個石塊，其他拿一個石塊的人則是用跑的，沿路揚起了沙塵。還有一些守衛也拉著石塊。這些人都以為自己自由了，畢竟手腳不再拴著鎖鏈。他們無不努力地賺取夢寐以求的金幣，這樣才能過好日子。

克拉契在瞭望台上又待了好幾個月，滿意地觀察底下的情況。一切改變得非常明顯，部分的奴隸開始成群結隊，組裝推車後把石塊搬到車上，滿身大汗地推著。

「他們還會發明更多設備。」克拉契洋洋得意地暗想。「他們內部開始出現一些服務了，像是送水和送食物。一些奴隸在路上直接用餐，不想浪費時間回營房吃飯，寧願用賺來的金幣叫外送。太好了！他們之間還出現了大夫，直接在路上治療病人，不過也要收錢。他們還選出指揮交通的人，不久後就會有帶領者、仲裁者。就讓他們選吧，反正他們以為自己自由了，不過本質上根本沒變，他們一樣在搬運石塊……。」

他們就這樣來回奔波、揚起沙塵、滿身大汗，拖著沉重的石塊好幾千年。一直到了今日，這些奴隸的後代依舊毫無自知地奔波。

＊＊＊

「妳說的應該是工人階級吧，阿納絲塔夏？這大家都能認同，不過企業主管、政府官員和企業家不能算是工人階級。」

「弗拉狄米爾，你覺得有差別嗎？差別在哪裡？」

「一些人像奴隸拉石塊般工作，另一些人負責管理搬運作業；以現代的術語來說，就是管理製造流程。」

「但管理一樣也是工作，而且通常比奴隸搬運石塊還複雜。」

「妳說的也沒錯，企業家需要思考更多事情。他們的思緒從早到晚都被工作佔據。但照妳的說法，法老、總統和議員都算奴隸囉？」

「正是如此，祭司當初想出這種禍害無窮的機制，如今自己也成了奴隸。」

「但如果有奴隸，表示一定也有主人。如果妳說不是祭司，那會是誰？」

「主人正是人類自己創造的人造世界。大多數人的心中都有守衛在鞭打他們、逼他們賺錢。」

「這真教人難過，看起來毫無出路了。數千年來改朝換代，宗教、法律也一變再變，但其實什麼都沒有改變，人類以前是奴隸，現在也還是奴隸。難道沒有方法導正這種情況嗎？」

「有的。」

「怎麼做？誰有能力做到？」

「意象。」

「什麼意思？什麼意象？」

「一個讓人看見不同情境的意象。你思考看看，弗拉狄米爾，那些用錢統治世界的人都覺得，只有權力和財富能為人帶來幸福，而大多數努力賺錢的人也被這樣洗腦。但大部分的情況是，在這場沒有意義的比賽中，勝出的人通常也是最痛苦的人。他們達到虛假的地位後，也比別人更快體會到自己的生命沒有意義。我要讓你看看未來生活的景象，你可以寫進書中，讓它在現實中成真。」

7 億萬富翁

億萬富翁約翰．海茲曼奄奄一息地躺在他的辦公大樓四十二樓。他把這整層樓改建成自己的公寓，內有兩間臥室、健身房、游泳池、飯廳和兩間書房。過去三年來，他一直住在這裡，從未離開公寓半步。他不曾坐過高速電梯到樓下屬於他的金融工業帝國，也不曾去頂樓搭乘停在那兒的直升機。頂樓的常駐機組人員都聽命於他，但他三年來從未去過。

約翰每週在其中一間書房聽取助理簡報三次，而他信任的助理只有四位。在不到四十分鐘的簡報中，他都是漫不經心地在聽，偶爾才給簡短的指示。這位億萬富翁的指示不會經過討論，都是立刻嚴格地執行。由他一手管理的企業財務每年都有百分之十六點五的成長，即便他在半年前完全取消了簡報，企業營收仍不減反增。他所創立的管理制度運作得很順利。

沒有人知道這位億萬富翁的身價，媒體幾乎沒有提過他的名字。他恪守自己的原則：「想要有錢，就不能惹事。」

年輕時，他的父親便再三告誡：「就讓政治人物上電視、上報紙吧；讓總統和州長向人民發表談話，保證大家都能過得幸福吧；讓行事高調的億萬富翁開名車、帶保鑣吧。但親愛的約翰，這不是你要走的路，你必須一直待在檯面下，用權力和金錢控制各國政府和總統、富人和窮人，但他們不能知道是誰在背後操控。

「計畫非常地簡單。貨幣基金組織是我創立的，裡面的投資者很多。事實上，基金組織有七成的資金都是我用不同的名義投資的。對愚蠢的大眾而言，基金組織看起來是要幫助開發中國家，但其實我創立的目的是要集結各國進貢的金錢。

「舉例來說，假如今天兩國發生武裝衝突，其中一國需要錢（通常兩國都要），你就給他們，反正他們要連本帶利地歸還。假如某國發生社會動亂，又需要錢了，你就給他們，他們也要連本帶利地歸還。或者政治上有兩派人馬爭權，其中一方透過我們的代理人拿錢，但他們同樣要連利息一起歸還。光俄國每年就要給我們三十億元了。」

二十歲時年輕的約翰特別喜歡與父親聊天。總是沈默寡言又不苟言笑的父親某天把兒子叫進書房，讓他坐在火爐邊的扶手椅上，還親自泡了一杯他最愛的奶泡咖啡。父親好奇而真心地發問：

「你喜歡大學的課嗎，約翰？」

「有些不怎麼有趣，我總覺得教授沒有辦法用淺顯易懂的方式解釋經濟學法則。」約翰誠實地回答。

「嗯，講得很好，不過應該說現在的教授之所以無法解釋經濟學法則，是因為他們一點概念都沒有。他們認為經濟是經濟學家的範疇，但事實並非如此。世界經濟其實操控在心理學家、哲學家和善於操弄的人手中。

「我滿二十歲時，我的父親——也就是你的爺爺——把管理的祕訣傳授給我。你也二十歲了，我覺得你有資格獲得這些知識了。」

「謝謝爸爸。」約翰回答。

自此之後，父親開始在爐邊傳授大學沒教的經濟學知識，以自己的方法指導兒子。整個學習過程都是以真誠友善的對話形式進行，偶爾提到實例或玩遊戲。海茲曼帶給兒子的訊息令人難以置信，就算在全球最頂尖的大學也學不到。

「告訴我，約翰，」父親問，「你知道國內有幾個有錢人嗎？全世界又有多少？」

「商業期刊都會依照財產多寡排名。」約翰冷靜地回答。

「那我們在這些排名中排第幾？」

這是父親第一次說「我們」，而非只有「我」，表示他已經把約翰視為管理人。約翰不想讓父親難堪，但還是回答：

「爸爸，你沒有上榜。」

「對，你說得沒錯，的確不在榜上，不過我們光年收入就比所有上榜者的財產加起來還多。我不在榜上，是因為財不露白。很多上榜的富人都是直接或間接替我們的企業帝國工作，也就是替你我賺錢，兒子。」

「爸，你真的是經濟學天才。我想不到你是怎麼不用武力侵犯，而讓這些龐大的企業帝國每年進貢給我們。你建立的經濟系統真是厲害啊。」

老海茲曼拿起火鉗撥弄柴火，接著不發一語地替自己和兒子各倒一杯淡酒，喝下一小口後才開口：

「我根本沒有建立什麼系統，我是利用資金對別人發號施令。很多分析家、各國聰明的政府顧問，乃至於總統如果知道國家的現況並非取決於他們的行動，而是由我的意志操控，絕對會驚訝不已。

「各國的競選辦事處、經濟研究所、智庫和政府機關都不知道，他們都是依照我旗下部門制定的方向在走，而且我的員工不多。以俄國為例，國內的所有社經政策和軍事原則都是由一個部門決定和控制，而這個部門只有四位心理學家。每位各有四個秘書，他們都不知道彼此在做什麼。

「我要告訴你我們是如何操控的，方法相當簡單。但是約翰，你要先瞭解經濟學的真正法則，大學教授從來不教，因為他們壓根不知道這些法則的存在。法則是這樣的：在民主社會中，所有國家的總統、政府、銀行和大大小小的企業都只為一名企業家工作，而這位企業家站在經濟金字塔的頂端。他們先後替父親和我工作，很快就會替你賺錢。」

約翰看著父親，無法完全理解他所講的話。他當然知道父親很有錢，但他說的不僅是財富，而是把自己至高無上的權力傳給兒子。這些神奇的資訊實在難以消化。在自由的民主社會中，怎麼可能上至總統，下至大大小小理應屬於獨立法人的數十萬間公司，事實上都只為一人——他的父親——工作？

「我當初聽你爺爺說我現在的話時，也無法立刻明白，我想你現在應該也是一頭霧水吧，約翰。但你要弄清楚我接下來說的話。」老海茲曼說，「世界上有很多富人，但每個富人之上都有更有錢的人，還有一個最有錢的人。其他所有富人——自然也包括受這些富人控制的所有人——都是為他工作。這就是當前體制的法則。

「現在說什麼無私地幫助開發中國家完全是一場騙局。富裕的國家的確會以國際基金的形式對開發中國家放款，但這其實是為了收取實質的利息，或者說是進獻的貢品。

「舉例來說，俄國每年要給國際貨幣基金組織三十億美元，而這只是貸款利息而已。很多經濟學家知道，國際貨幣基金組織的資金主要都由美國提供。他們也知道那些有如搶錢的利息會流向美國，但是具體進到誰的口袋，沒有人知道。在這場資金的遊戲中，美國只是一個擋箭牌。事實上，美國依賴資金的程度大於任何其他國家。告訴我，約翰，你知道美國有公債嗎？」

「知道，爸爸。公債的金額簡直是天文數字，去年共有……公債的利息總共是……。」

「所以向他國放款的國家也向自己發行龐大的公債，但你知道是向誰籌款嗎？」

「它自己的中央銀行？」

「這個中央銀行屬於誰？」

「屬於……屬於……」

約翰從未想過美國欠誰錢，但就在他思考如何回答時，他突然想到：美國公民所繳的稅都會進到中央銀行，而美國中央銀行屬於私人銀行，表示全美把幾千億元付給私人……或者說是付給一個人。

＊＊＊

海茲曼一生從不渾渾噩噩，他過著一般人所謂健康的生活，不菸不酒，吃得非常健康，每天都在健身房運動。但在這六個月內，他不曾進過健身房，一直躺在寬敞的臥室裡，床邊擺滿最先進的醫療器材，醫生在隔壁房間二十四小時輪班待命。但海茲曼不相信現代醫學，覺得沒必要接受醫生問診，只會偶爾勉為其難地簡短回答一位心理學教授的問題。海茲曼甚至不想知道醫生的名字，包括那位心理學教授，不過他私底下曾標註他是醫生中最真誠、最老實的人。教授話很多，但他說的不只是醫療診斷，常常還有推理，表達自己很想找出病因。有一天，他興高采烈地來訪，直接在門口說：

「我昨天晚上和今天早上都在想您的症狀，我想我找出您的病因了。只要根除病因，您就能很快痊癒。啊，不好意思，海茲曼先生，我忘了先跟您打招呼。午安，海茲曼先生，我剛才想得太忘我了。」

億萬富翁沒有回應教授，甚至沒有轉頭看他，不過他對每位醫生都是這樣。有時他還會向進房的醫生動動手指，大家都知道這是要他們離開的手勢。

他沒有對教授做出這個手勢，所以教授興奮地繼續解釋：

「我的同事說您必須換肝、腎和心，這點我不同意。沒錯，您的這些器官現在的確無法有效運作，無法有效運作！這是事實，但移植的器官也會發生同樣的問題。背後的原因在於您的重度憂鬱，就是憂鬱沒錯！我來回看了您的病歷好幾次，後來有了一個重大的發現。您的主治醫師做得很好，他詳細地記錄了您的所有症狀，每次都把您的心理狀況記下來。您一有憂鬱的情形，您的內臟就開始衰退。對，憂鬱的情形……主要的問題來了：是內臟衰退造成憂鬱嗎？還是憂鬱引起內臟衰退？我相信，百分之百相信，憂鬱才是根本原因。一定是這樣沒錯。是您的重度憂鬱，這種情況會讓人變得毫無動力，對周遭的人事物失去興趣，看不到生存的意義。因此，大腦開始消沉地向全身發送指令，全身都受影響！憂鬱情形越嚴重，指令越弱。憂鬱到了一定的程度，大腦甚至不會發送任何指令，那時便會死亡。

「所以憂鬱才是根本原因。想要完全根除，現代醫學根本做不到，於是我轉向民俗療法。我現在知道了，您的重度憂鬱來自詛咒。沒錯，但更精確來說，有人對您下了詛咒。我可以提出很多事實證明。」

億萬富翁準備做出示意他離開的手勢，他不喜歡什麼說會驅魔、解除或抵抗詛咒的現代密醫，他覺得那些都是不足掛齒的生意人或江湖術士。「教授在現代醫學裡找不到解答，竟然淪為這種治療師的程度了。」但億萬富翁還沒做出手勢，教授便用稍嫌無趣但仍舊有趣的話引起他的興趣：

「我感覺到您要我離開，還有可能要我永遠不要再來。但我求您，拜託給我五六分鐘。只要您明白我說的話，您就有可能復原，我也會有重大發現。我其實已經發現了，只是需要確認而已。」

億萬富翁沒有做出離開的手勢。

教授看著對方不動的手三秒後，知道自己可以留下，於是飛快地說：

「人與人之間看待彼此的方式都不同，有些冷漠，有些帶著愛意、仇恨、嫉妒、恐懼或尊重，但重點不是外在的眼神。外表或許只是面具，就像服務生或生意人虛假的笑容。重點在於對別人真正的態度、真正的感覺，對別人的正面情緒越多，那人心中累積的正能量越大。相反地，如果那人身旁充斥著負面的情緒，心中就會累積負面有害的能量。

「一般人將此稱為『詛咒』，治療師正是依照這個現象決定如何處理病症。並非所有治療師都是庸醫，重點在於收到旁人過多負能量的人，其實本身就能化解、平衡這些能量。治療師會對病人說，他們已用某種行動解除詛咒，幫助對方相信自己已被淨化。如果對方相信治療師，確實可以自行平衡體內的正能量和負能量；但如果不相信，這就不會發生。您不相信治療師，所以他們對您沒有幫助，但這不表示您體內沒有過多對身心有害的負能量。為什麼有負能量呢？因為像您這種地位的人，旁人只會帶著恨意看您，不是那種無害的嫉妒而已。他們帶著恨意看您，更精確來說，是這樣對待您，包括您解雇或不能加薪的人。還有很多人看到您有權有勢時會怕您。您看，負能量正是這樣來的。想要抵銷，必須有正能量。這種能量可由家人、親人給予，但您的歷任妻子背叛您，您沒有小孩或朋友，您也不跟親戚聯絡。您的身邊沒有正能量的來源。人自己就能在體內製造足夠的正能量，但想要做到這點，必須擁有一心一意想要追求的目標和夢想，一步一腳印地實現目標，這樣就能產生正面的情緒。而您一生達成了很多成就，現在似乎沒有任何夢想或目標了。

「但擁有目標並努力實現是非常重要的。我分析過各類商人的身心狀況，發現和麵糰、做派的商人會因為能買到需要的東西而開心，他們會夢想發展自己的事業。畢竟只要事業做得好，他們就能享受文明帶來的許多好處。銀行高階主管或聯合企業的老闆也想追求事業、追求更高的收入，但他們的熱忱經常不如做派的師傅或賣派的商人。看似矛盾，卻是事實，他們比較沒有熱忱。這是因為他們眼前可以享受的好處遠比賣派的商人少。對他們而言，絕大多數的文明成就沒有特別的價值，而是稀鬆平常的東西。如果收入相對平庸的人突然有能力買車，買車會為他帶來很大的滿足感，甚至因此欣喜若狂。比較有錢的人不會因為買到好車而開心，反而覺得那只是小事。看似矛盾，卻是事實，有錢人開心的機會比不富有的人少。另外，打敗競爭對手也能帶來滿足感，但海茲曼先生，您似乎沒有競爭對手。

「由此看來，您似乎只受負能量影響，大量的負能量。對了，忘記提一點：只有一種能量可以戰勝如此大量的負能量，就是強大而不可思議的『愛的能量』——當您處在愛之中、有人愛您時所產生的能量。但可惜的是，您沒有女人，您似乎對她們毫無興趣，況且以您的年紀和狀況來說，您也不會對她們感興趣了。

「我可以提出很多事實證明。我曾比較過去一百年來富人、知名政治人物和總統的壽命數據，從中得出的結論很有說服力。比起平民百姓，這些上流社會人士的壽命看來不太好，大部分都比較短命。

「看似矛盾，但事實就是事實。總統和百萬富翁雖然有很好的醫療照顧、有能力取得最先進的技術和藥物、有能力吃品質優良的食物，卻仍跟一般人一樣會生病、死亡。這些事實無非證明了周遭的負能量可以造成巨大的影響，就算最先進的醫學也沒轍。

「那該怎麼辦？束手無策了嗎？有辦法的，雖然聽起來不起眼又離奇，但還是有辦法！沒錯，有的！那就是回憶！海茲曼先生，請您試著回憶自己的一生，回想那些快樂的時光。

「最重要的是，如果您曾向某人許下重要承諾卻未履行，請您在能力範圍內履行。我請求您，為了您好、為了科學，花個兩三天試著回想美好的時光。這裡有些器材專門監測您的多個器官，分分秒秒不停地監測。如果您照我的建議行動，如果器材測出好的結果，您就有機會痊癒。沒錯，您會痊癒的！我會找到辦法讓您痊癒！說不定是您會自己找到辦法……生命自有出路。」教授不再說話，再次盯著對方一動也不動的手。幾秒後，習慣的手勢出現，示意教授離開。

＊＊＊

海茲曼開始像多數人一樣回憶自己的一生。他大致明白教授說的話，只要在過去找出美好的時光，或許有機會看到正面的影響。但問題是，過去的一切現在看來不只不快樂，甚至非常無趣且沒有意義。

海茲曼想到自己聽從父親的建議，為了增加家產而娶了一名億萬富翁的女兒。這段婚姻一點也不幸福，妻子甚至不孕。結婚十年後，妻子死於吸毒過量。後來他娶了一名知名的年輕模特兒，妻子對他表現得濃情密意，但結婚後不過半年，保鑣就把妻子與前男友偷情的照片擺在他眼前。他沒有與她攤牌，只是交代保鑣不要再讓他看到或想起這個女人。

海茲曼繼續回想，想到自己開始幫忙父親處理公事的時候。他卻找不到任何快樂的時光，沒有任何事情值得他留戀或從中獲得正能量。

只有一件事情讓他快樂：他曾告訴父親，他們不必成為貨幣基金組織的唯一所有人，其他將錢投入基金組織的投資客會希望資金越來越多，他們一心只想增加基金組織的資金，所以會替他們——海茲曼家族——賺錢。

他的父親想了幾天後，鮮少給予讚美的他在某天晚餐時說：

「我同意你對基金組織的提議，約翰。你說得對，你做得很棒。你要繼續思考，現在該你掌舵了。」

接下來的幾天，約翰都處於非常雀躍的心情，做了不少的決定，增加金融工業帝國的收益。然而，他再也沒什麼特別的愉悅感了。

收益增加的報告看起來冰冷，他也不再期待任何人的讚美。父親死了，下屬的讚美無法給他快樂。

海茲曼接著想到自己的小時候，依稀記得自己與父親鮮少互動。嚴厲的父親經常在他請來的保母和家教面前訓斥他。

突然間，一股暖流流過億萬富翁躺著一動也不動的身體，使他興奮抖擻。海茲曼的腦海中出現既明亮又清晰的畫面。他看到莊園遠處一個小相思樹叢圍住的角落，還有一棟只有一扇窗戶、高兩公尺的小屋。

不知為何，幾乎所有孩子都渴望蓋出自己的小屋、擁有自己的空間。無論孩子在家裡有沒有自己的房間或與父母同房，都有這種渴望。幾乎每個孩子都有一段自己蓋房子的時期，顯然人的基因保存了某種古代的訊息，告訴他們應該創造自己的空間。大人小孩都聽從這個永恆的聲音，開始創造自己的空間。蓋出的成果雖然不如現代公寓，但待在自己蓋的房子裡，獲得的幸福感遠遠大於寬敞的公寓帶來的感覺。

雖然九歲的海茲曼在別墅裡有兩間大房間，但依舊決定親手蓋出一間小屋。

他用裝樹苗的塑膠箱蓋房子。這些箱子是很好的材料，顏色很多。他把黃邊的藍色箱子疊起來，以卡榫一個接一個蓋出牆壁。在一面牆上，他把箱底朝外，這樣室內就有一整面牆都是櫃子。他接著用木板蓋出屋頂，再用釘書機釘上塑膠膜。

他用了整整一週、每天三小時到戶外透氣的時間蓋房子。到了第七天，透氣時間一到，他立刻往自己在莊園遠處一角的成果走去。他撥開相思樹的樹枝，看到他蓋的小屋之後，驚訝地站在原地。一名小女孩站在門口，往他蓋的小屋裡看，她穿著淡藍色的過膝裙、白色荷葉袖短衫，栗色的波浪捲髮散落雙肩。

小約翰看到陌生人站在他蓋的小屋前，起初有些嫉妒，不開心地問她：

「妳在這裡做什麼？」

小女孩轉身看小約翰，露出漂亮的臉龐：

「欣賞。」

「欣賞什麼？」

「欣賞這間漂亮又聰明的小屋。」

「什麼？什麼小屋？」小約翰驚訝地反問。

「漂亮又聰明。」小女孩重複。

「房子可以用漂亮形容，但我沒聽過用聰明的。只有人才能聰明。」約翰思考後回答。

「人當然可以聰明，不過聰明人蓋的房子也能用聰明形容。」小女孩反駁。

「妳覺得房子哪裡聰明？」

「室內的牆壁很聰明，上面有很多櫃子，每個櫃子都能擺放需要的東西和玩具。」

小女孩的理由很討小約翰歡心，讓他受寵若驚，說不定還喜歡上她了。

「她很漂亮，邏輯又很清楚。」小約翰心想，然後大聲說：

「這間房子是我蓋的。」

接著又問：

「妳叫什麼名字？」

「我叫莎莉，今年七歲。我住在僕人屋，我爸在這裡當園丁。他懂很多植物，還會教我。我知道怎麼種花，也知道怎麼把枝條嫁接到樹上。那你叫什麼名字？住在哪裡？」

「我住在別墅，我叫約翰。」

「所以你是我們主人的兒子？」

「是的。」

「約翰，那我們去屋裡玩吧。」

「怎麼玩？」

「假裝我們住在屋裡，學大人一樣生活。你當主人，畢竟你是主人的兒子；我當你的僕人，因為我爸也是僕人。」

「那怎麼行？」約翰說，「僕人要住在僕人屋，別墅只能住先生、夫人和孩子。」

「那我當你的夫人。」莎莉一口氣說，接著問：「我可以當你的夫人嗎？」

約翰沒有回答，直接走進房子、環顧四周，然後轉頭看著站在門口的莎莉，唐突地說：

「好，進來當我的太太吧。我們來想想怎麼布置這裡。」

莎莉走進屋裡，輕柔又興奮地直視約翰的眼睛，幾乎以氣音說：

「謝謝你，約翰。我會努力當個好太太。」

約翰並非每天都去小屋。休息時，他不是每次都能在莊園裡玩，保鑣或家教會陪同他去市區的公園或迪士尼樂園，有時則去騎馬。

但只要他有機會回小屋，幾乎都會發現莎莉在等他。每次回小屋，約翰都會好奇地觀察小屋的變化。一開始是地板上出現莎莉帶來的地毯，接著還多出了窗簾和門簾。

後來是小圓桌，上面擺著空相框。莎莉說：

「你越來越少來我們的房子了，約翰。我一直在等你，但是你都不來。給我你的照片吧，我把照片放進相框。我可以看著你的照片，這樣我等你的時候才不會那麼無聊。」

約翰再次回到小屋時，給了她照片，並順道與小屋和她道別，因為他要和父母搬到另一棟別墅了。

＊＊＊

億萬富翁海茲曼躺在公寓的床上露出微笑，越來越清楚地想起自己童年和小女孩莎莉的互動。他到現在才發現小女孩愛他，這是她的初戀，那種稚氣、無望卻真誠的愛。或許他也愛小女孩，可能也只是一時情竇初開。但小女孩確實愛他，似乎他一生從未有任何女性這樣愛他，所以當他想起自己在莊園蓋房子、與莎莉互動時，心頭才有一股暖意、開心的感覺。這些感受溫暖了他，讓他感覺很好。

搬家後十一年，他又見到莎莉，但是這一次……全新的感覺使他全身激動，甚至稍微起了身，心臟開始賣力地輸送血液。這一次……他早就忘了那次的見面，從來也沒有想過……但他現在腦中全是那次見面的情景，讓他非常激動。

十一年後，他回到小時候的莊園住上一晚，他就只能待這麼短的時間。用完午餐後，他走在莊園裡，不知不覺地往小時候在相思樹後面，遠處蓋房子的角落走去。他撥開樹枝，走進樹叢間的空地，驚訝地站在原地不動。他十一年前用塑膠箱蓋出的房子還在原地，但周圍……周圍都是花叢。一條沙子小路通往門口，門邊有一張小長椅，外牆上還有花朵纏繞。成年的約翰心想：之前沒有這張椅子。他撥開門簾，彎腰走進屋內。

他立刻發覺這裡有人最近才來過，桌上依舊擺著他小時候的照片，櫃子上整齊地放著莎莉兒時的玩具。桌子旁的櫃子有個小盤子放著新鮮的水果，地上則擺了一張鋪著床罩的充氣床墊。

約翰站在屋內約二十分鐘，回想小時候那些美好的感覺。他心想：「怎麼會這樣？」他的家族有很多豪華別墅，還有一座城堡，但所有別墅和城堡從未帶給他像此時一樣的感受——這間以普通塑膠箱蓋成的小屋給他的愉悅感受。

走出小屋時，他看到莎莉靜靜地站在門口，似乎不想打擾他湧現的回憶。約翰看著莎莉，她的臉頰泛起了紅暈。她害羞地低下眼，以如絲絨般極其輕柔、溫和，卻又有點激動的語氣說：

「你好，約翰！」

他沒有馬上回應，而是站在原地欣賞莎莉長大後美若天仙的外貌。她的輕薄緊身洋裝在風中微微擺動，透過洋裝可以看到她曼妙的身材。她已經不是兒時的樣子，而是充滿女人味且豐滿的少女。

「你好，莎莉。」約翰過了好一會兒才回答，「妳還在打理這裡？」

「是啊，畢竟我答應你了。裡面有洗好的水果，去吃吧，是準備給你的。」

「啊……給我的……那我們一起進去吃吧。」

約翰撥開門簾，讓莎莉先進去。她進屋後蹲了下來，將水果盤放在桌上的相框旁。

屋裡沒有椅子，所以約翰坐在地毯上，伸手拿起一串葡萄，不經意地摸到莎莉的肩膀。她回過頭，兩人四目相交。她急促地吸了一口氣，導致胸前緊繃的上衣扣子彈開。約翰抓住她的雙肩，將她拉向自己。她沒有反抗，反而將她炙熱的身體靠向約翰。約翰小心翼翼地讓她躺在地毯上，接著撫摸她、親吻她的嘴唇和胸部，而她都沒有反抗。後來……

莎莉還是處女……無論是以前，還是之後，約翰都從未和處女發生親密關係。而現在，最後一次見面的四十五年後，約翰才驚覺那是他唯一一次與女人真正發生美好而難以言喻的親密關係……正確來說，是與一位女孩，而他讓對方成為了女人。

他們後來小睡了一下，醒來後開始聊天。聊了什麼？約翰絞盡腦汁地回想，他努力地回想那次對話的片段。他想起來了……

莎莉提到生活是多麼地美好，說她父親正在存錢要買一塊地給她，之後等到有錢還要蓋一棟小屋給她。莎莉會自己幫那塊地造景、種植很多不同的植物。她會在那裡養育子女、幸福地生活。

約翰當時暗自決定要幫莎莉。「哇！」他心想，「只要一塊地和一棟小屋就能讓這個女孩幸福，小事一樁！我要記得幫她買一塊地和房子。」

然而，約翰忘了這個心願，甚至忘記莎莉這個人，生活有很多精彩的事物吸引著他。剛買新遊艇和私人飛機後，他開心了好幾天。他長期投入貨幣市場，專心為他繼承的家業多賺好幾十億元。這些事務讓他興奮了二十幾年，不斷給他刺激，而且比一切都還重要。他彷彿例行性地度過第一段婚姻、第二段婚姻。兩任妻子都不在他的生命留下半點回憶。四十歲後，流連貨幣市場不再讓他滿足，他開始越來越常面臨憂鬱，最終導致重度憂鬱危機。

但現在約翰不再憂鬱了，想起莎莉，激起了他不少情緒，卻也同時讓他相當懊悔：「怎麼會這樣，我答應自己說要幫助莎莉——這個愛我的女孩，替她買一塊地和房子，結果卻忘了。」約翰一直是守信用的人，特別是自己答應要做的事。他心想：他一定不會原諒自己的，除非……他按下按鈕呼叫秘書。秘書進房時，約翰已經坐起身子，使勁地想要開口說話（這是他半年來第一次說話）：

「五十年前，我住在一棟別墅，確切地址我忘記了，但檔案夾裡有。那棟別墅有一位園丁，我不記得他的姓名，不過檔案夾的記帳本裡有。這位園丁有個女兒，名叫莎莉。調查她現在住在哪裡，最慢明天早上給我消息。如果提早查到，不用管白天或晚上，一定要立刻告訴我，快去！」

秘書隔天清晨來電，隨後走進辦公室時，約翰坐在窗邊的輪椅上。他穿著深藍色三件式西裝，修了鬍子也梳了頭髮。

「先生，那位園丁在四十年前被解雇，不久後就過世了。他生前在德州一座廢棄牧場買了一塊兩公頃的地，並開始在那裡蓋房子，卻在施工過程中傷重不治。他的女兒莎莉接下去蓋完房子，現在就住在那裡。這是住址，我們目前得到的資訊就這麼多，但只要您下令，我們會繼續收集您要的資訊。」

約翰從秘書手中接過紙條，仔細地看了一下，接著好好地將紙條摺起來放進外套的口袋，然後說：

「叫直升機準備在三十分鐘後起飛，我要在德州房子的五至十公里外降落。叫一台車在降落的地點等我，不要長型轎車、不要保鑣，只要一位司機就好。快去！」

＊＊＊

下午三點，約翰撐著拐杖一跛一跛地走在鋪著砂礫的小路上，往四周綠意盎然的小屋走去。約翰先是看到她的背影，已經年邁的她站在小梯子上擦著窗戶。約翰停下腳步，看著頭髮灰白的她。她感覺到有人在看她，於是轉過身來。有好一會兒，她一直看著眼前站在路上的老人，接著忽然跳下梯子，往他的方向跑去。她腳步輕快，看起來不像年事已高。她在距離約翰一公尺處停下，低聲卻激動地說：

「你好，約翰。」她立刻低下眼神，雙手遮住臉上泛起的紅暈。

「妳好，莎莉。」約翰開口後靜默下來，但更精確來說，他是說話了，只不過是對自己說：「妳真漂亮，莎莉。妳水汪汪的眼睛好美，還有眼睛周圍的細紋。妳還是一樣漂亮、善良。」他又開口說：

「我順道來看妳的，莎莉。我聽說妳住在這裡，所以決定來拜訪。如果不冒犯的話，或許可以待上一晚。」

「很高興見到你，約翰，當然可以住一晚。我現在一個人住，不過明天我的孫子孫女會來住一個星期，孫女九歲，孫子十二歲。進來吧，約翰，我泡一杯茶給你喝，我知道你需要喝哪種茶。請進。」

「所以妳結婚了，莎莉？妳有小孩。」

「現在還是已婚，約翰，生了一個兒子，現在還有孫子孫女。」莎莉開心地回答，「要不要坐下來聊，我把茶端給你。」

約翰坐在陽台的塑膠扶手椅上，莎莉端了一大杯茶給他。他開口問：

「為什麼妳說妳知道我需要喝什麼茶，莎莉？」

「我的父親生前替你的父親採藥草，曬乾後泡茶給他喝，這種茶對他很有幫助。我也學會了怎麼採藥草，爸爸說你遺傳了父親的疾病。」

「但妳怎麼知道我會來？」

「約翰，我不知道，我只是以防萬一。不過你過得如何，約翰？在忙什麼？」

「生活挺忙的，很多事情要處理，但我現在不想談這個。莎莉，妳把這裡打理得很漂亮，有很多花又有菜園。」

「是啊，這裡很棒，我很喜歡，只是你看右邊有工地，以後會變成垃圾處理場；左邊也預計要蓋工廠，他們希望我們搬走。話說回來，你看起來大老遠跑來，很累的樣子，約翰。我看得出來你很疲累，我幫你打開窗戶，在旁邊鋪床讓你休息一下，不過睡前先把茶喝完吧。」

約翰吃力地脫下衣服，他真的累了，躺在床上半年不動早已使他的肌肉萎縮，讓他連站都站不穩。他費了一番力氣才蓋上毯子，不久後便睡著了。他最近只有吃安眠藥才睡得著，但在這裡一下就入睡了……

他一路睡到中午，沒有看到早上的太陽。他洗澡後走到陽台，看到莎莉在室外的廚房準備中餐，身邊有一個男孩和女孩在幫她。

「午安，約翰，你似乎睡得很好，看起來變年輕了。讓你認識一下我的孫子和孫女，這位是艾咪，而這個小伙子叫喬治。」

「我是約翰．海茲曼，早安。」他向小男孩伸手。

「好啦，你們認識了。現在我和艾咪準備中餐，你們兩個男生去花園走走、培養一下胃口吧。」莎莉接著說。

「我帶您去花園走走。」喬治對約翰說。

老人和男孩走在漂亮的花園，男孩指著各種植物，不停地介紹它們的特徵，約翰卻顧著想事情。他們走到花園盡頭時，男孩說：

「這棵相思樹後面就是我的公寓，是奶奶蓋的。」

約翰撥開樹枝，看到……樹後小小的空地上是他的小屋，同樣是以移植樹苗的塑膠箱蓋成，只有屋頂和門簾不一樣。約翰撥開門簾，稍微彎腰走進小屋。擺設與之前一模一樣，只有桌上的照片是由兩片塑膠板固定。照片是莎莉的孫子。「一切都和以前一樣，只是換了主人和照片。」約翰雙手拿起照片，為了有個話題而開口：

「你這張照片照得不錯，喬治。」

「這不是我的照片，約翰叔叔，那是奶奶小時候認識的一個男生，只是長得跟我很像。」

＊＊＊

約翰使勁地以最快的速度走在花園的小徑，拄著拐杖一跛一跛的。

他氣喘吁吁地走向莎莉，有點茫然地問她：

「他在哪裡？你的先生在哪裡，莎莉？在哪裡？」

「約翰，你先冷靜，你不能太激動，先坐下吧。」莎莉小聲地說。「約翰，是這樣的，我小時候曾答應一個很好的男生，說要當他的太太……」

「但那只是遊戲，」約翰從椅子跳了起來，幾乎放聲大吼，「只是兒戲！」

「那就當我還在玩這場遊戲吧，我假裝你是我的丈夫。」莎莉說，又輕柔地補充：「我的丈夫，我的摯愛。」

「喬治和我小時候長得很像，難道妳那一晚後就懷孕了，莎莉？妳懷孕了？」

「是的，我生了我們的兒子，約翰，他長得跟我很像，但你的基因很強，我們的孫子簡直跟你如出一轍。」

約翰一下看著莎莉，一下看著在露台擺盤的小男孩和小女孩，完全說不出話來，思考和感覺都被搞糊塗了。接下來，他自己也不知為何，用嚴肅的語氣說：

「我現在必須走了，再見，莎莉。」

他在小徑上走了兩步，又轉身走向站著不說話的莎莉。他吃力地撐著拐杖，單膝跪在莎莉的面前，牽起她的手緩緩地吻了一下：

「莎莉，我有重要的急事，現在就得離開。」

莎莉將手放在他的頭上，輕輕地撫摸他的頭髮：

「沒關係，如果有重要的事要忙、有問題要處理，快去吧。如果你遇到任何困難，約翰，隨時都能回來我們的房子。我們的兒子開了一間小公司，有個很美的名字叫『樂土』，是做景觀設計的。他不是科班出身，都是我自己教他。他很有天分，訂單接不完。他會給我錢，每個月都來看我。但你看起來有錢的問題？健康狀況也不好。回來找我們吧，約翰，我知道怎麼替你治療，我們的錢還夠用。」

「謝謝，莎莉……謝謝……我真的得離開了！我必須離開……」

他往大門走去，心中不停地想事情。莎莉看著他離去的背影，輕聲地對自己說：「回來吧，我的愛人！」一小時後，她仍像唸咒語般重複著這句話，甚至忘了孫子孫女的存在，也沒有發現直升機在她的土地、小屋和美麗的花園上空盤旋了超過半小時。

＊＊＊

約翰的直升機尚未降落辦公大樓的頂樓上，他最信任的助手和秘書便已經在會議室勤奮地查閱數據，準備向他們的老闆報告。他們很久沒跟老闆開會了，所以個個心驚膽顫地等他進來。

約翰走進會議室，所有人都起立了。他還沒走到會議桌的主位，便開口說：

「請坐，今天不用報告，仔細聽我交代的事情，我不會重複，沒有時間了。事情是這樣的，德州有一棟房子，這是地址。我要你們買下房子方圓一百六十公里內的所有土地和公司，用三倍的價格也沒關係。負責不動產買賣的，現在可以離開會議室，馬上開始行動。如果需要的話，把你們的所有仲介也帶去，務必在一個星期內完成。」

其中一位助理跳起身來，快步離開會議室。

約翰繼續說：

「這個範圍內的所有建築物和輕重工廠，最遲要在一個月內拆除完畢，就算要請上百間建築公司也在所不惜。從現在算起的一個月後，那些地方要種滿草地。」

會議室剩下最後一位助理，約翰對他說：

「德州有一間小公司，名字很好聽，叫做『樂土』。您去跟他們簽五年合約，我們在德州房子周圍買下的所有土地要設計成一個社區，請他們做出設計。無論他們要價多少，都給他們兩倍。快去！」

兩週後，約翰走進大廳，站在一千五百人面前。他們都是人力公司找來的人，包括景觀設計師、植物專家和農學家。他們都是來找工作的，畢竟廣告聲稱的合約價碼是行情的兩倍。

約翰走到台上，用他一貫不苟言笑，甚至有點嚴苛的方式說話：

「根據我們提供給各位的合約，每個人都能無償得到永久使用的兩公頃土地。我們會提供幾個組合屋方案供你們參考，並且在你們指定的地方幫你們蓋好，費用由我們的公司承擔。接下來的五年，公司會向每個成年的家庭成員支付合約所訂的金額，而你們的任務是美化自己的土地，種出花園和菜園、鑿池鋪路，一切都要弄得很好、很漂亮。你們需要的樹苗和種子都由公司負責。就是這樣，如果沒有問題的話，願意的人可以來簽合約。」

但一千五百人鴉雀無聲，沒有人起身走到秘書準備給人簽約的桌子。安靜一分鐘後，有個老人站起來發問：

「先生，告訴我們，您要我們定居的地方是不是有嚴重的污染？」

「沒有。」約翰的其中一位助理回答，「正好相反，那個地方的環境非常乾淨，而且土地還算肥沃。」

「那您老實告訴我們，您要對我們進行什麼實驗？」一名年輕女子從椅子上跳了起來。「我們很多人都有小孩，像我就不想把孩子牽扯到這種來路不明的實驗。」

現場出現細碎的說話聲，開始有人大喊「投機取巧」、「不是人」、「怪物」，大家紛紛起身，一個接一個走向大門。約翰的助理想要解釋、回答他們的問題，但徒勞無功。約翰無助地看著離開的人群，明白這群人離開後，他就會徹底夢碎，或者更糟……他想為莎莉做點好事，為他們的兒子和孫子。他不只希望那棟舒適的房子附近沒有冒黑煙的工廠，還希望四周花團錦簇，住著一群好鄰居。他買下了土地，下令拆除冒黑煙的工廠，還種滿了草地。但唯有好人住在那裡，土地才會越來越好。可是他們要走了，他們不明白。要怎麼讓他們明白、讓他們相信？等一下！約翰突然意識到，他們因為一無所知才會不相信他！但只要告訴他們真相……約翰起身，有點猶豫地小聲說：

「各位，我知道要跟你們解釋公司做這些事的動機，但這是不可能解釋的，不可能的，因為這只是我……你們知道嗎，背後的動機……應該說這些合約是因為我個人的事，該怎麼說才好……」

困惑的約翰不知道該說什麼，但大夥兒停下腳步，一些人站在走道上，一些人站在門邊，緊盯著約翰。他們誰也沒說話，但約翰不知道怎麼說下去。他最後仍鼓起勇氣繼續：

「在我小時候……年紀還小時……我愛上了一個女孩，但當時我不曉得自己愛她。我後來娶了別的女人、忙著衝事業，五十年沒見過她。我從未想過她，但最近想起了她，我才明白她是我這一生唯一真心愛我的女人，到現在還是，但我一直都不知道，甚至完全忘了她。我也明白，她是唯一我能夠愛的人。我最近與她重逢，她當然老了，但對我來說，她還是跟以前一樣，她愛她的花園，喜歡把一切弄得很漂亮。我希望她四周的環境都能很美，也有好的鄰居，最好是一群善良又快樂的鄰居。但我該怎麼做？我是生意人，存了一點錢，所以買下土地並分割成好幾塊，還擬了這些合約。我這麼做都是為了我的愛人，還是說，是為了我自己？」約翰的最後一句話似乎是在問自己。接下來，他彷彿無視台下的人群，開始喃喃自語：「我們都是為了某個目的而活……是什麼目的？我們都在追求什麼？我很快就要死了，我死後可以留下什麼？只有塵埃。但現在我不能這麼快死，我要完成計畫，我要留下永遠流傳的東西，留下一座花園給我的愛人。不，是很多座。我原本只想雇用很多工人或是和大型造景公司簽約，請工人照顧植物。但我後來明白，如果不是為了自己，創造出來的美都會了無生機。所以我決定請人自己去創造，也就是把土地和房子都給你們，而我只要求我的愛人身邊都是美的事物。你們不相信合約條款的真實性，你們不明白合約背後的目的，不過你們現在知道了。」

約翰沉默下來，現場一片安靜。剛才最質疑約翰的女人率先打破沉默，快步走到台邊一排放著合約的桌子，請秘書寫下她的姓名，自己讀也沒讀就簽約了。她接著轉身面向人群，開口說：

「喏，我簽了，我是第一個。我會名流青史，因為我是第一個簽的。你們想想看，無論有沒有錢，都沒有一個男人比得上台上的這個人，沒有一個男人曾送給愛人更好的禮物，也沒有更好的禮物了。」

「歷史上根本沒有人能想出更好的禮物。」另一名女人大喊。

「我愛您。」第三個女人大喊。

「我想要您愛人旁邊的那塊地，她叫什麼名字？」第四個女人問。

「她叫……」約翰開口，頓了一下後繼續，「也許她不知道比較好，讓她覺得是命運在眷顧她。」

現場的人一窩蜂地往台邊的桌子湧去，形成一長排的隊伍。大家開心地交談，開始互稱鄰居，但大部分的人，尤其是女人，都以愛慕的眼神看著台上的那個人。

約翰有生以來第一次感受到好的能量往自己而來，一種來自多人內心充滿愛及真誠的能量。這種戰勝一切的能量可以治癒任何疾病，他不再跛行地走下台。接下來的幾個月，親力親為的他積極地在他買下的土地拆除工廠遺跡，討論莎莉房子周圍社區的設計細節，以及各種景觀設計的方案和所有基礎建設。

一年後，約翰又來到莎莉房子的大門，眼前看得見的範圍內，可看到大家都已在自家的大園子種好小樹苗，莎莉的大門旁也有幾株樹苗，樹根小心地纏繞著。莎莉似乎感覺到他，於是跑出來迎接他。

「約翰，看到你來真好！太好了！你好，約翰！」

莎莉迅速地跑向他，像小女孩般熱情。她抓起約翰的手，拉他進屋喝茶，開心地不停說著：

「你知道嗎，約翰，這裡發生奇蹟了！我好開心！無比地開心！我們家附近不會再有冒黑煙的煙囪了，只會有好鄰居。你看四周生機蓬勃的樣子！好有活力！如果你在事業上遇到什麼不如意，不用煩心，約翰。你可以一笑置之，搬來這裡和我們住。現在我們有錢了，我們的兒子拿到很大的合約，大得驚人的合約！他現在負責這裡的所有設計和規畫。我們還拿到一塊地，我們的兒子要在那邊蓋房子。如果你願意的話，我們可以一起搬過去。」

「當然願意。」約翰回答，接著又說，「莎莉，謝謝妳的邀請。」

「何必住舊房子呢？」一個聲音從約翰的背後傳來。他回頭看到自己的兒子，他立刻知道那是他的兒子。年輕男子繼續說：「我想您就是我的父親吧？喬治說您把媽照片中的兒時朋友誤認為他，我就知道是誰來了。而且媽媽總是藏不住自己的感覺。

「我對您的感覺當然還不像媽媽對您那樣，但為了爸媽的幸福，我願意出錢蓋一棟新房子。」

「謝謝你，兒子。」約翰壓低聲音地說。他很想抱抱自己的兒子，卻莫名地退縮了。年輕男子自行上前一步，伸手介紹自己：「我叫約翰。」

「太好了！你們相認真是太好了，等你們熟悉彼此之後，會互相喜歡上對方的。來一起喝杯茶吧。」莎莉說。

他們一坐下來，莎莉又滔滔不絕地說著這幾個月來令人難以置信的事情。

「約翰，你能想像嗎？想像一下，這裡上演了一個全世界最美的故事，就像童話故事發生在現實中一樣。約翰，你想像一下，大家都說周圍的土地是由一個人買下的，這個人找了最棒的設計師、農學專家和園丁，然後送給他們每人一塊終生使用的幾公頃土地。他要他們美化自己的地，由他免費提供所有樹苗和種子，往後的五年還會替他們負擔美化土地的費用。你想像一下，全部由他買單。他把畢生的積蓄都投入了這個計畫。」

「嗯……也有可能不是全部的積蓄。」約翰反駁。

「但大家都說全部，你知道他為什麼要這麼做嗎？」

「為什麼？」約翰冷靜地問。

「這是最美的部分。他這麼做，都是為了讓他的愛人住在一個環境優美的地方。他們還說這個女的也會景觀設計，在這一帶也有一棟房子，只是沒人知道她是誰、住在哪裡。約翰，你能想像如果大家知道她是誰，會怎麼樣嗎？」

「怎麼樣？」

「還能怎樣，大家肯定想馬上見她一眼，甚至將她視為女神一般摸她。我自己就很想摸摸她，她一定是個特別的女人，或許外表出眾，也可能是內在優秀。大家都說：『世界上不會有女人像她一樣，能讓男人去做如此特別又美好的行為。』所以大家才想一睹廬山真面目，甚至摸摸這個男人和他特別的女人。」

「他們應該會想這麼做。」約翰認同她，接著又說：「那我們該怎麼辦，莎莉？」

「什麼我們？」莎莉驚訝地說。

「我說我們，是因為讓這裡所有事情發生的特別女人就是妳，莎莉。」

莎莉目不轉睛地看著約翰，試圖弄清楚剛剛聽到的話。當她明白怎麼回事時，杯子從她的手中滑落，但沒人注意到杯子碎裂的聲音。約翰聽見椅子倒落的聲音，他轉頭看到兒子從椅子上跳了起來。小約翰走向父親，以輕柔的中音激動地說：

「爸爸！爸爸！我能抱你嗎？」

約翰率先抱住兒子，聽到他的心跳聲。小約翰抱著父親，興奮地對他耳語：

「這個世界從未聽過如此強烈的示愛，甚至沒有使用任何話語。我以你為榮，我真替你高興，爸爸！」

父子兩人轉向莎莉，她仍在消化剛才的一切。突然間，她的臉紅了起來，似乎皺紋都被抹平了。淚水從她的眼角滑落，讓她覺得有點害羞。她迅速地走向老約翰，抓起他的手，往陽台走去。小約翰看著父母手牽著手，慢慢走在通往相思樹的小徑上。突然間，他們跑了起來，如年輕人般奔向坐落樹後的兒時小屋。

十年後，看起來年輕許多的約翰和社區的幾個男人坐在咖啡廳，他大笑地解釋：「不，我才不會去選總統，別想說服我，這不是年紀的問題。不用當總統也能治理國家，從自己的家園就可以了，你們就是證據，讓大家看到真實的生活是如何建造的。全美國正在轉變成生機盎然的花園。如果繼續這樣下去，也許我們能追上俄國。」

「一定會的，一定會的！」剛走進來的莎莉反覆說道，「不過該回家了，約翰。沒有你，孩子都不肯睡。」她接著在約翰的耳旁輕聲地說：「我也是……」

看起來不再衰老的約翰和莎莉走在綠樹成蔭且散發芬芳的小徑，兩人手牽著手一起回家。他們的生命每回到春天似乎才剛開始，就像全美國開始出現真正的生活一樣。

＊＊＊

「故事的結尾很美。」阿納絲塔夏說完有關未來的故事時，我對她說。「妳的故事都好激勵人心，但這真的有可能發生嗎？在現實世界中有這種事嗎？」

「一定會的，弗拉狄米爾。這不是捏造的故事，而是未來的投射。名字和地點不是重點，重要的是本質、想法和夢想！如果我的故事引起了正面的感覺，閱讀的人一定會把其中的本質投射於未來，會有很多人主動加入細節，增添偉大的意義和意識。」

「這要怎麼在現實中發生？」

「非常簡單。你喜歡我的故事嗎？」

「我？當然喜歡！」

「你希望這發生在未來嗎？」

「當然想。」

「如果你把這則故事告訴別人，你覺得會有人希望看到它成真嗎？」

「我覺得會有。」

「你看，這表示會有人不想只當歷史的觀察者，他們更想親自參與其中，讓這個故事成真。」

「明白了，但有點可惜，妳所描繪的美麗場景是外國的企業家，不是俄國的。」

「弗拉狄米爾，生命早為俄國人描繪了美麗又真實的場景。更精確地說，很多俄國人都已著手創造神聖的永恆，你自己就能證明這點。」

「我？應該吧，我的確知道很多俄國企業家買了好幾公頃的地、建造自己的家園，就像妳說的那樣，只是他們的故事沒有這麼浪漫。」

「任何有心去碰觸土地的人，他們偉大的故事都值得被寫出來。這些故事永遠也講不完。喏，我又有一個故事了，看你認不認識故事中的人物。」

8 我會把你生下來，我的天使

日出時，企業家維克多．查多夫醒來。年輕的女友與他在同張大床上，睡得非常香甜，薄被將她姣好的女性線條嶄露無遺。

每次兩人出席宴會或入住高級渡假村時，她的身材都會招來男人羨慕的目光，或勾起他們的慾望。

不僅如此，這位名叫茵佳的睡美人還有迷人的笑容，旁人對她的印象是受過教育的聰明女人。維克多喜歡和她聊天，還因此買了一間四房公寓，採用頂級裝潢，也把鑰匙給了茵佳。工作忙碌的他只要時間允許，就會與茵佳過一兩個晚上。對於有這麼一個二十五歲的女人與他共度春宵、陪他聊天，他非常感激，卻不打算娶她。他對茵佳沒有感覺到特別的愛，也知道自己三十八歲，而她二十五歲，所以再過幾年，這個年輕的女人肯定會想找年輕的愛人。憑她的相貌和腦袋，這一點也不困難。她可以找到更年輕、甚至更有錢的男朋友。這還會歸功於他自己，畢竟如果真的娶了她，她便能打進有權有勢的企業家社交圈。

茵佳轉過身，臉上掛著微笑繼續熟睡，而棉被已經往下滑落，露出她完美姣好的胸型。但維克多一反常態，竟對眼前半裸的身體毫無感覺，反而小心翼翼地替熟睡的茵佳蓋好被子。為了不吵醒茵佳，他靜靜地下床、走進廚房。

他泡了一杯咖啡、點起菸，彷彿沒有意識到周遭的一切，在寬敞的廚房和飯廳徘徊。好特別的夢！昨晚的夢仍在刺激他的感覺，不是頭腦，而是感覺。維克多夢到自己走在林蔭小徑，全神貫注地思考一樁例行的交易是否可行。他的前後都有保全，讓他覺得煩躁，沒有辦法好好思考，況且一直被公園旁的車聲打斷。但突然間，保全不見了，車聲也消失了。他聽到的是鳥叫聲，看到的是小徑的樹木長出春天的枝葉、花叢開出花朵。他停下腳步，感受心中油然而生的愉悅感，這是他一生中最好的時刻。忽然間，他在小徑的遠方看到一個小男孩往他的方向跑來，陽光在他的背後形成一圈光暈，彷彿跑來的是一位小天使。

他立刻驚覺跑來的不是別人，而是他年幼的兒子。小男孩奮力地奔跑，維克多興高采烈地蹲下來，張開雙臂準備抱他，他的小兒子也張開雙臂地跑著。可是，小男孩跑到離維克多三公尺的地方突然停下腳步，孩子臉上的笑容消失了，露出嚴肅的眼神，讓維克多不禁心跳加速。

「快來我這邊，過來，讓我抱抱你，兒子。」

小男孩露出難過的笑容，回答：

「你做不到，爸爸。」

「為什麼？」維克多吃了一驚。

「因為……」小男孩以悲傷的語氣說，「因為爸爸你沒有辦法抱我，沒有辦法抱一個還沒出生的兒子。你還沒把我生下來，爸爸。」

「那換你過來抱我吧，兒子。過來我這邊。」

「我抱不到還沒把我生下來的爸爸。」

流淚的小男孩勉強擠出笑容，淚珠卻已慢慢滑落臉頰。小男孩接著轉身，低著頭緩緩地往小徑的另一頭離去。

維克多跪在原地沒有動作。小男孩越走越遠，他內心愉快及幸福的感受也漸漸消逝。他彷彿又聽到遠方傳來的車聲。他沒有力氣移動和講話，卻仍用盡力氣地大喊：

「別走啊，你要去哪裡，兒子？」

小男孩回頭，維克多又看到一顆淚珠滑落臉頰。

「我要去一個不存在的地方，一個沒有盡頭的地方。」小男孩低頭不講話，接著又說：

「爸爸，我好難過。我沒有被生下來，不能幫你振作起來。」

小天使低著頭越走越遠，不久後便消失了，彷彿融入了陽光中。

夢結束了，但美好幸福的感受依然存在，彷彿要他快點行動。

維克多抽完第三根菸，用力且果斷地弄熄香菸，走進臥房大聲地說：

「起床，茵佳。起床！」

「我沒睡了，只是躺著賴床。我在想你去了哪裡。」躺在床上的美女回答。

「茵佳，我想與妳有個小孩，妳能為我生個兒子嗎？」

她甩開棉被跳下床，衝向他並勾住他的脖子，姣好的身軀緊貼對方。她以溫熱的耳語說：

「男人要女人為他生孩子，這是最令人開心、最美好的告白了。謝謝你，如果不是開玩笑的話。」

「不是。」他堅定地回答。

茵佳一邊穿上睡袍，一邊回答：

「如果不是開玩笑，是認真的話，我們得好好想一想。第一，我希望我的孩子有爸爸，可是親愛的，你結婚了。」

「我可以離婚。」維克多說。事實上，他早在三個月前就與妻子離婚了，只是基於一些因素沒有跟茵佳坦白。

「等你離婚後，我們再來討論孩子的事。但我話要說在前頭，維克多，就算你離婚，現在也不是時候討論生孩子。第一，我還要一年才能念完碩士。第二，我讀書讀得好累，所以畢業後想要花一兩年去鬼混、去渡假村好好享受。可是如果你要孩子的話……孩子會永遠壞了我的計畫。」茵佳半開玩笑，半認真地解釋。

「好吧，我開玩笑的。」維克多打斷她的解釋。「我得走了，要去見重要的客戶。我車子也叫好了，拜拜。」

他離開了，但不是去見客戶，也沒有叫車。他緩緩地走在人行道上，看著來來往往的女人。他看人的眼光和以前不一樣，連他自己也不大習慣。他想找一位可以為他生兒子的女人，想找一位值得成為孩子母親的女人。

一夕之間，打扮時髦、濃妝豔抹的少女已經不再吸引他，他對女人身穿比基尼或凸顯身材的緊身衣完全失去興趣。

「我已經明白她們為什麼這麼做、腦袋在想什麼東西。她們還會試著裝出一副聰明的樣子。」他心想，「她們利用不同的身體部位誘惑男人，吸引對方上鉤。的確會有人上鉤，但想當然不是為了生小孩。這種誘餌會讓男人上鉤，但想生小孩的男人除外。妳們儘管搖狐狸尾巴吧，蠢蛋。我絕對不會讓這些狐狸精為我生兒子的。」

這時兩名少女迎面走來，一手抽菸，一手拿著打開的啤酒。

「這兩人完全不適合生育，只有笨蛋才會與這種人有小孩。」

維克多還發現一點，從他身邊走過的女人和少女幾乎都不健康，有些無精打采，有些表情看起來有胃痛的樣子，有些則有明顯的肥胖或厭食跡象。

「不行，不能與這些人生小孩。」維克多心想，「唉！這些女人看起來都在幻想白馬王子開著白色賓士到她們身旁，但她們完全無法為白馬王子做到最基本的事。她們不夠健康，無法生出健康的小孩。」

維克多不打算叫自己的司機，反而坐上無軌電車去辦公室，途中仍在觀察每個女人，想要找出適合為他生兒子的女人，最後仍一無所獲。

一整天下來，包括午休時間，他一直坐在辦公室不停地思考哪個女人能為他生兒子。他甚至想到自己願意被哪個女人生下來。最後，他得出一個結論：如果找不到兒子的理想母親，那就創造一個吧。為此，他必須找到還算健康的年輕女性，長相清秀或至少不討人厭，而且個性要好。他再替對方安排各種訓練課程，在最好的療養院恢復健康。但最重要的是，要送她去上最好的學校，做好受孕、懷孕、生產和學齡前教育的準備。

＊＊＊

工作結束後，他找來人生歷練豐富的公司法律顧問瓦倫提娜．佩德羅夫娜。

他請對方坐下，一開始先拐彎抹角地說：

「我有個奇怪的問題想問您，佩德羅夫娜女士。問題有點私人，但對我來說非常重要，是我一個親戚想問的……簡而言之，她準備結婚生小孩了。她問我國內有沒有一間好學校在教懷胎怎麼做比較好、如何生產和後續的養育，還有父親要扮演什麼角色。」

佩德羅夫娜女士專心地聆聽，沉默了一會兒後說：

「我跟您說，尼古拉耶維奇先生，我有兩個孩子，我對生小孩、養小孩的資料一直很有興趣，但從來沒有聽過國內外有這樣的學校。」

「太奇怪了，現在的學校什麼都教，偏偏這個最重要的課題卻沒有，中小學和高等教育都沒有，為什麼？」

「的確很奇怪……」佩德羅夫娜女士認同，「我從來沒有想過這個問題，不過現在想想，真的滿奇怪的。國家杜馬似乎從不避談要在學校實施性教育，卻不打算討論是否教導如何正確地生小孩、養小孩。」

「也就是說，每對夫妻養小孩都像在做實驗嗎？」

「最後的確會變成在做實驗。現在當然有很多課程在教生產時要做什麼、怎麼照顧新生兒，但這些都沒有科學根據。我們根本無從判斷哪些課程有幫助、哪些課程沒用。」佩德羅夫娜女士回答。

「您上過這種課嗎，佩德羅夫娜女士？」

「我當初決定在家裡的浴缸生小女兒，還請了助產士幫忙。現在很多人都這樣，大家認為家中的環境有親人在旁邊，會讓孩子出世時比較舒服。有人說新生兒感覺得出來哪些人對他有愛、哪些人對他無感，後者就常常發生在產房，產房就如同一條輸送帶一樣。」

與佩德羅夫娜女士聊完後，維克多沒有得到一點安慰，反而更心灰意冷。接下來的兩週，工作一有空檔，他都在想生小孩的問題。他在這兩週走遍大街小巷，去了一間又一間的高級餐廳、酒吧和劇院，不停地打量周遭女性的臉龐。他甚至去了鄉下，但也沒有找到適合自己的人。

有一天，他把吉普車停在一所師範大學的附近，觀察從窗外經過的少女。三小時後，他注意到一位淺棕色短髮、綁著辮子的少女出現在門廊。她的身材勻稱，臉看起來一副聰明的樣子。等到她經過吉普車、要去等公車時，維克多搖下車窗叫她：

「小姐，不好意思，我在這邊等朋友，但我不能等了。您可不可以告訴我怎麼去市中心比較快。如果您願意的話，我可以順道載您回家。」

少女打量了一下吉普車，冷靜地回答：

「沒問題，我幫您指路吧。」

她坐上前座後，兩人自我介紹。名叫柳莎的她比著香菸說：

「您的香菸很好耶，我能抽一根嗎？」

「可以，抽吧。」維克多回答。這時他的手機響起，讓他鬆了一口氣。不是什麼重要的消息，但他掛完電話後露出擔憂的表情，對著吞雲吐霧的柳莎說：

「計畫有變，我有個重要的會要開，抱歉。」

他請還在抽菸的柳莎下車，因為他不想讓自己的兒子受到菸害。

這兩週以來，維克多沒有去找女友，也沒有打電話給她。他已經認定對方不想替他生孩子，只想在高級渡假村玩樂，所以對他沒有幫助了。

他跟這位聰明的美女有過美好的時光，只是他現在的人生目標完全變了。「我會把公寓留給她，畢竟她為我帶來一段美好的時光。」維克多決定後，往茵佳就讀的大學前進，要把公寓的鑰匙給她。他在半路用手機打給茵佳：

「喂，茵佳。」

「喂。」話筒傳來熟悉的聲音，「你在哪裡？」

「我快到妳學校了，妳要下課了嗎？」

「我已經十天沒去學校了。跟你說，我以後應該也不會去了。」

「出問題了嗎？」

「對。」

「妳在哪裡？」

「家裡。」

維克多打開大門、走進公寓時，茵佳穿著睡袍躺在床上讀書。她看了維克多一眼後說：

「廚房有咖啡和三明治。」她沒有起身，繼續讀著書。

維克多走進廚房，喝了兩大口的咖啡，點起菸，再把鑰匙放在桌上，然後回到臥室的門邊，對著還在看書的茵佳說：

「我要走了，可能會離開很久，也可能不回來了。我把公寓留給妳，再會。祝妳自由、幸福。」

他接著往大門走去，而茵佳追到門邊。

「嘿，等一下，你這個混蛋。」她以柔和的語氣說，同時抓住維克多的衣袖。「你想一走了之？你把我的生活搞得亂七八糟，現在拍拍屁股就想走人？」

「我哪有把妳的生活搞得亂七八糟？」維克多大吃一驚，「我跟妳在一起很開心，我想妳也覺得不差吧。妳現在有自己的公寓了，還有滿滿的衣櫃。好好過生活、盡情地玩吧，還是說妳想要一些錢？」

「你真的是一個混蛋！你先是看不起我，還跟我說什麼公寓、衣服和玩樂……」

「妳冷靜點，不要小題大作，我有很重要的工作要做。再會。」

維克多握住門把，但茵佳抓著他的手：

「別走，親愛的，等一下。跟我說，你希望我為你生小孩，不是嗎？」

「是啊，但妳拒絕了。」

「一開始是拒絕了，但我想了兩天後改變心意，現在不念研究所了，也戒掉抽菸，還每天早上運動。我開始讀這些與生活和小孩有關的書，一讀就放不下來了。我在讀怎樣生小孩最好，你卻跟我說再見。除了你之外，我想不到還有誰能當孩子的父親……」

理解茵佳所說的話後，維克多激動地抱住她，嘴裡不停地喊著她的名字。他把她抱起來、往床邊走去，如獲至寶般地將她輕放在床上，急忙地脫掉自己的衣服。他比平常還要激情地抱著躺在床上的茵佳，吻起她的胸部、肩膀，同時試著褪去她的睡袍。茵佳卻突然無聲地拒絕他，並且把他推開：

「你冷靜點，不是這樣的。如果要我簡單說的話，就是我們今天不會做愛，明天、這個月都不會。」茵佳說。

「不做愛是什麼意思？妳不是答應要有小孩了嗎？」

「我是答應了。」

「不做愛怎麼可能有小孩？」

「做愛不應該用這種方式，要用本質上完全不同的方式。」

「什麼意思？」

「就像是……告訴我，親愛的，未來慈祥的父親，為什麼你想有孩子？」

「什麼意思？」維克多不解地坐在床上，「人人都知道為什麼，沒有別種原因啊。」

「我知道你說得很清楚了，但我想更具體地知道你要什麼，還有你要用什麼方式。你希望孩子只是你或我們肉體歡愉後的結果、附屬品嗎？還是你希望看見孩子是我們愛的結晶？」

「我不覺得孩子想要成為附屬品。」

「所以你希望是愛的結晶，但你又不愛我。你是喜歡我，但那還不叫愛。」

「妳說得沒錯，茵佳，我是很喜歡妳。」
「看吧。我也很喜歡你，但這還不算是愛。我們必須贏得對方的愛。」
「妳大概讀了什麼奇怪的書吧，茵佳？愛是一種感覺，天曉得愛是怎麼出現，又會怎麼消逝。妳可以贏得別人的尊重，但愛怎麼……」
「但我們的確必須贏得對方的愛，我們的兒子會幫助我們的。」
「兒子？妳真的覺得我們會有兒子嗎？」
「什麼會有？已經有了。」
「什麼有了？」維克多跳了起來。「妳已經有小孩了？妳瞞著我？誰的？多久了？」
「是你的，不過還沒開始。」
「所以還沒有嘛。」
「有了。」
「嘿，茵佳，我完全不知道妳在說什麼，妳在胡言亂語。妳不能說清楚一點嗎？」
「我盡量。維克多，你希望有小孩，你開始想著他。後來我也希望有小孩，也跟你一樣開始想他。我們都知道人類的思想是有形體的；也就是說，如果我們都開始想著孩子，表示他已經存在了。」

「那他現在在哪裡？」

「不知道，或許在某個未知的次元，或許正光著腳丫在宇宙銀河的星星之間奔跑，看著他將獲得肉身的湛藍地球；或許正在選擇出生的地方和環境，然後讓我們知道。你沒聽到、沒感覺到他的請求嗎？」

維克多瞪大雙眼看著茵佳，好像第一次看到她一樣，從沒看過她這樣說話。他不知道茵佳是開玩笑還是認真的，但「正在選擇出生的地方」這句話不禁讓他思考了一下。

人的出生地各有不同，有些人在飛機上、船上或車上出生，大部分的人都在產房出生，也有些人在家裡的浴室。孩子就這樣一個一個出生，但他們自己會想在哪裡出生呢？就以維克多為例，如果他可以選擇，他希望自己在哪裡出生呢？俄羅斯？還是英國或美國的高級產房？但他對兩者都沒有特別的興趣。

茵佳打斷維克多的思考：

「我已經有詳盡的計畫了，我們要一起準備迎接孩子的到來。」

「什麼計畫？」

「你聽好了，親愛的。」茵佳開口時展現前所未有的決心，時而坐在椅子上，時而在房裡徘徊。「首先，必須讓我們的身體回復完美的狀態，從現在起不能抽菸喝酒。我們必須淨化身體，從腎臟和肝臟開始，喝藥草茶和節食會有幫助。我已經想好方法了。

「從現在起，我們只能喝泉水，這點很重要。我已經請人每天運五公升的泉水過來，價格當然是商店的兩倍，但沒關係，我們負擔得起。

「我們每天必須運動，這會強化肌肉及改善血液循環。我們還需要新鮮的空氣和正面的情緒，這點就不太容易了。」

維克多喜歡茵佳的決心和她的計畫，不過沒有等她說完便打斷她：

「我們可以買最好的健身器材、請最好的按摩師。我可以請司機每天運泉水過來，他還能去森林，用壓縮機把空氣灌入汽缸，這樣我們就能把空氣一點一點地釋放在公寓裡。只是我不知道要在哪裡獲得或買到正面的情緒，還是說我們去高級渡假村渡蜜月？我是說認真的渡蜜月。」

維克多的心情越來越好，這都多虧了茵佳的決心，還有她如此認真、縝密地思考這件事，而且願意與他生小孩。他很開心夢中出現的兒子不會是什麼勢利、輕浮的女人所生，而是如此認真、負責的茵佳。他很想做點什麼讓茵佳開心，他已認定她是兒子未來的母親！維克多起身，迅速地穿起西裝，走向茵佳並慎重地說：

「茵佳，嫁給我吧！」

「我當然願意。」茵佳以同樣的語氣回答，同時扣上睡袍的鈕扣。「我們的兒子需要正式的父母，不過不需要到高級渡假村渡蜜月，那與我準備生孩子的計畫不合。」

「那什麼才合？我們可以在哪裡獲得正面的情緒？」

「我們要去郊外的村落，找一個我們都喜歡的地方，你我都覺得不錯的地方，代表兒子看到時也會喜歡。我們要買一公頃的地，你可以蓋一棟小屋，那裡會是我受孕的地方。我會在那裡懷胎九個月，或許只偶爾出門。我們還可以種出一片花園。我可不想在醫院生小孩，我要在祖傳家園的小屋裡生。」

維克多簡直不敢相信，年輕又聰明的茵佳之前還很喜歡高級夜店和知名渡假村，現在的生活卻有如此大的變化。他一方面為茵佳的想法感到高興，畢竟她想的是他的孩子；但另一方面，這個想法是不是透漏一絲奇怪的跡象？他曾經從朋友那兒聽過幾本特別的書在講如何為孩子的出生做準備。朋友還說每個家庭都必須擁有自己的一公頃土地，並送了他一本綠色封面的書——《家族之書》。他還沒有時間讀，但聽說這些書在社會引起很大的迴響，讀過的人都開始改變自己的生活型態。

忽然間，他瞄到床頭櫃上有一疊綠色封面的書。他走了過去，唸出書名：《俄羅斯的鳴響雪松》。其中一本就是《家族之書》。這下他明白了，那些準備孩子出生的奇怪想法都是茵佳從書中讀來的，她還打算完全遵從書中的建議。維克多不知道這是好事還是壞事。

茵佳不容質疑的堅定不太尋常，而且令人擔憂，似乎是某個無形的人改變了她對生命的看法、改變了她的世界觀，但這些書是讓她變好嗎？還是讓她變得有點奇怪呢？維克多不停地想著這個問題，接著與她爭論了起來：

「茵佳，我知道妳的想法都是從這些書來的，我聽過這幾本書。有些人讀完後覺得振奮，有些人說裡面太多無法證實的故事。或許妳不該完全相信書中的內容，妳自己想一想，為什麼我們要買地、蓋小屋、種樹，把自己搞得很累呢？

「我有的是錢，如果妳想要，我大可買下有造景庭院的頂級別墅，還附設游泳池、草坪、小路和花園。」

「錢當然買得到很多東西，甚至包括模仿而來的愛。但我希望我們親自種出花園。」茵佳異常激動地說，「一定要親自做！因為等兒子長大後，我想告訴他：兒子啊，這棵蘋果樹，還有那棵梨子樹和櫻桃樹，都是我在你還小的時候親手栽種和澆水的。這都是為你種的，當時你還小，樹也還小。現在你長大了，樹也長高了，還開始為你結果。為了你，我努力地把家鄉周圍的環境弄得更好、更美。」

茵佳的熱忱很有說服力，維克多非常喜歡。他甚至覺得遺憾，為什麼在他的生命中沒有人帶他到這種花園，並對他說：「這座花園是父母為你種的。」維克多又想到：「沒錯，茵佳說得對，但為什麼她只提到自己，感覺我不存在似的。」他有點不開心地問：

「茵佳，為什麼兒子長大後，妳只跟他提到自己？」

「因為你不想種花園。」茵佳冷靜地回答。

「什麼叫『不想』？如果是為了我們的將來，我一定會想的。」

「那好，如果我們一起做，我就會告訴兒子：這座花園是我和爸爸一起為你種的。」

「這樣才像話。」維克多心安了不少。

＊＊＊

接下來的兩個月，他們每個週末都到近郊尋找可以建造祖傳家園的地方。這個任務令他們相當著迷，維克多似乎覺得人生中沒有比這個更重要的事情了，他一心只想尋找他真心喜歡、未來兒子也喜歡的地。

有一天，他們在離市區三十公里的近郊發現一座荒廢的小村莊。

「就是這裡了。」茵佳邊下車邊說。

「我也有這樣的感覺。」維克多回答。

後來，他們回到這個地方，花了一整天勘查附近的土地、與當地的居民聊天。居民說這邊的土壤不夠肥沃，因為地下水層太淺了。但維克多沒有退縮，他反而越來越覺得這塊地非他莫屬，其中生長的小白樺樹、上頭的天空和雲朵都是屬於他和未來兒子的，屬於他和茵佳的孫子、曾孫的。就算土壤不夠肥沃，他也會想辦法讓它肥沃。

取得兩公頃的正式地契沒有耗費太久時間，而且短短四個月後，他們便在土地上以窯乾木材蓋好一棟美得如童話故事般的小木屋。

小木屋裡面有桑拿和堆肥廁所，他們也在土地上直接鑿井取冷水和燒熱水；二樓則有舒適的臥室，窗外可以看到湖泊和森林。

茵佳構想出小屋的內部擺設，也設計了土地的造景。兩人一起在土地四周種下雪松、冷杉、松樹，另外還種了許多果樹的樹苗。每天晚上，維克多都迫不急待地趕回小屋、他未來的家園，將成為孩子母親的她就在這個家園裡忙著整頓家裡。

維克多先前認識的所有女人都已被他拋諸腦後。對維克多而言，她們已經不存在了。茵佳生小孩的計畫太特別了，使他萌生全新的感受。他雖然不太知道這些感受是什麼，那與一般的愛可能不同，但他堅信自已離不開她了，只有她可以……

只有與她才能創造未來。他們一起去莫斯科參加家中生產的課程。唯有一點讓維克多感到困惑：茵佳堅絕不與他發生親密關係，堅稱孩子不應該是肉體歡愉的結果，應是來自人類更無垠、更有意義的渴望。

這些綠書的作者真是把人害慘了。天啊，如果不是肉體歡愉的結果，那還有別種方法嗎？

但是有一天，當他和茵佳躺在床上時，內心不再期待做愛，只想著未來的兒子時，他不自覺地摸起茵佳的胸部。茵佳也瞬間往他身上靠攏並抱住他……

隔天早上，茵佳仍在睡覺，維克多走到湖邊，周遭的世界已經完全不同，奇特又令人愉悅。

他從來沒有遇過昨晚的情況，與茵佳和其他女人都沒有。那不是一般的性，而是深受啟發想要創造的衝動。人難免一死，但如果一生從未體會過這樣的感覺，人生就少了某樣東西——也許是最重要的東西。不過多虧了茵佳，維克多才未錯過。他對這一生唯一的女人茵佳，有了溫暖又熱情的全新感受。

＊＊＊

懷胎九個月期間，茵佳一直待在家園，偶爾才去城裡一趟。她已經想好要把娃娃車、嬰兒床放在哪裡，還請維克多種出一片小草坪讓她帶兒子散步。預產期前一週，她的子宮便開始收縮。顯然未來的兒子已經等不及誕生在這片美好的地球空間了。

他們之前在生產課程中學到很多，維克多知道丈夫在妻子生產時該怎麼幫忙，結果現在他唯一能做出的合理工作只剩下打電話給認識的助產士，以及叫救護車以防萬一。茵佳只得自己放浴缸水、準備毛巾、量水溫，維克多則在房間來回徘徊，試著回想該做什麼，卻怎樣也想不起來。

茵佳不指望丈夫的幫忙，自己爬進了浴缸。子宮持續收縮，但每次收縮時，茵佳都用她美妙的聲音唱著開心的慶祝曲調。

最後，維克多終於從大量的課程內容想起一件事：要有正面的情緒。他看到茵佳在窗台上種的花已經盛開，於是拿著盆栽跑進浴室，激動地重複說：

「妳看，茵佳，妳的花開了！妳的花開了！開了，妳快看！」

他就這樣拿著盆栽，站在一旁看到兒子小小的身體出現在浴缸中。

助產士趕到時，茵佳已經把這個小小的身體放在肚子上。她看到維克多拿著盆栽站在一旁，立刻問他：

「您在做什麼？」

「生兒子。」維克多回答。

「嗯……」助產士點點頭，「那請您把盆栽放回窗台，帶我去……」

「我要告訴全天下的男人……」維克多心想，同時又在屋裡跑來跑去。「唯有與愛人生下期待已久的孩子時，才會出現永恆的真愛。」

9 這下可好了

這下可好了，我們顧著過活，卻完全沒有試著思考社會的本質，這可是生命中最重要的問題之一啊！我為了這個問題困擾很久，所以把有關家園建設的文件帶來給阿納絲塔夏看，其中還有我給俄羅斯總統的信，以及讀者草擬的法案。

但我想了又想，最後決定不給阿納絲塔夏，因為我不想讓她憂心，特別是她如果懷孕的話，更應該給她正面的情緒，而不是負面的情緒。

我最後把一整袋文件拿給祖父，想要尋求他的意見。

「啊哈！」祖父從我手上接過厚厚的文件袋時說，「弗拉狄米爾，你是要我全部讀完嗎？」

「是的，我想聽聽您對現狀的意見。」

「這對你有什麼幫助？」

「幫助我決定採取什麼行動。」

「你應該自己決定，不用聽別人的意見。」

「所以您不想讀嗎？」

「好吧，我會讀，這樣你才不會不開心。」

「我沒有不開心，如果您不願意的話，讀了有什麼意義呢？」

「意義？不要浪費時間在沒用的事情上就是有意義。」

祖父坐在雪松樹下的草地上，打開文件袋後慢慢地翻閱文件。他有時盯著特定的一頁，有時只看了一眼便翻頁。過了一陣子後，他說：

「弗拉狄米爾，我要仔細看，你先去旁邊散步吧。」

我走到二十公尺外開始徘徊，等他讀完我帶來的所有文件和我為年鑑準備的文章。以下就將這些文章與各位讀者分享。

向總統喊話

令人敬重的總統、首相和總理先生，能否請您告訴我誰才是治理國家的人？這個問題乍看之下很奇怪，甚至小學生也能回答：「國家是由總統、政府、杜馬國會治理的。」

但這樣的回答無非證明了普羅大眾的幻想，而且不僅我們國家，一般民眾也都落入這樣的幻想之中，統治者也不例外。我們可以，同時也必須借助邏輯思考來破除幻想，如果不能明白這個普遍的幻想，人生等於白活了，使所謂的人生變成一場幻象而已。

所以要破除幻想！首先要定義何謂「治理國家」。我認為最重要、或許也是唯一的定義便是：管理社會的過程和現象，而總統則是這個治理體制的主要負責人。

那我們就要問了：

「總統先生，請您告訴我，我國毒品成癮的問題是您管的嗎？」

「不是，」總統會回答，「那不歸我管。」

「娼妓猖獗是您管的嗎？」

「不，那不歸我管。」
「貪汙、賄賂氾濫呢？」
「不，那不歸我管。」
「人口滅絕呢？」
「您在說什麼！那也不歸我管。」
對於很多問題，他的回答都會是「不，那不歸我管」。但事實上，他也無法給出其他回答，因為別的回答會讓他成為罪犯。
由此看來，社會上明顯有個大規模的行徑正在發生，對每個人的生活都有影響，但最高統治者和府內所有官員都與這些行徑毫無關聯。那麼，到底什麼才歸他們管？
如果仔細觀察，就會發現他們都是不由自主、不知不覺地在幫真正的統治者掩飾祕密。各位也都知道，這些統治者在掩飾什麼祕密。
所以，無論從理論上和實際上來說，國家沒有真正的總統、首相或總理，他們只是在執行別人的意志，雖然外表上看起來是他們自己的作為。這點有科學根據，像心理學家就能證明。

倘若仔細分析自己的人生，你我都可以得出一個結論。我們的人生難道不是受到某些人的影響嗎？從幼稚園、中小學再到大學都是。他們可以隨心所欲地把我們培養成共產主義者、法西斯主義者或民主主義者，就像現在一樣。透過這種養成和洗腦的過程，他們就能煽動對應的社會運動。

「事實只能由自己判斷。」阿納絲塔夏說過。這句話講得很好、很正確。想要明白事實就要思考，但現在的生活型態沒有給我們時間思考，所以我們才會用別人強加在我們身上的觀點去判斷事實。

國家領袖比人民更沒時間思考，每分每秒都被安排了行程，而且常常不是自己決定。從過去的歷史看來，所有檯面上的統治者根本無法掌控國家。

舉例來說，古埃及的法老是由祭司培育長大，所以祭司自然可以預測法老的很多決策。法老登基後，他們仍會持續給他建言。事實上，法老只是執行別人的意志罷了。

東方的朝廷也有文官向皇帝獻策。但不管是古埃及的祭司、東方朝廷的文官，或者吠陀羅斯時期的智者，都不會親自處理國事。他們最主要的任務是分析與思考。

現在的統治者和國會議員沒有這種機會，因而無法對社會的動向產生有效的影響，也沒了權力。

這點是一位當過三任的知名國會議員親口證實的，他同時也是一位擁有經濟學博士學位的教授。不過他是在當完議員，有機會思考並分析之後，才跟我說的。

媒體也報導過一樁醜聞，證實現任的一位杜馬國會議員曾向憲法法庭提出告訴，表示總統的副幕僚長曾不分黨派地指示一群國會議員不要多想，照他的話辦事就好。

這聽起來滿矛盾的，但副幕僚長才是最接近事實的人，他自行做決策其實更容易且有效率，比起一群沒有機會思考的人絞盡腦汁要好多了。只要看看現在進入國會的政黨從未提過民眾可以理解的有力方案，便可證明這點。

阿納絲塔夏的構想和計畫引發的一些效應，無非證明了現在的體制根本無法獨立做出決定。

阿納絲塔夏的計畫受到多數人支持，而且根據分析結果，絕大多數的支持者都過著清醒的生活、願意反省思考。國內各地有非常多的民眾克服著許多困難去實現這個計畫，可是政府怎樣都無法理解這些人在做什麼。

不僅如此，社會上竟還出現反作用，這正顯示外力對俄羅斯的影響，以及這個國家根本不是由自己的政府所掌控。

這波反作用當然不是來自千百年來想出這些體制的祭司，而是更簡單、更具體的答案：這是現代世界秩序的產物。在這樣的社會秩序中，俄羅斯被指定要向西方提供原料，並且成為劣質產品的市場。

我所說的西方不是歐美的人民，而是想要獲取利益的跨國公司和金主。你我都能見證，幾十年來他們不斷得逞，我們的政府完全沒有阻止（這樣講還太客氣了）。這點又清楚證明了他們沒有真正的權力。

唯一能抵抗國家崩毀及多數人口滅絕的，竟是阿納絲塔夏提出的計畫。「但是，」很多讀者可能會說，「為什麼您一直在向沒有權力又無法改變任何事情的人喊話呢？」針對這點，我的回應如下：

第一，親愛的讀者，我其實不只是對在位者喊話，主要還是在向各位呼籲，希望我們一起努力理解現況，希望你們用自己的話在家族之書詮釋現況。這是非常重要的一步，否則不只我們，就連我們的小孩都會有艱難的未來。

第二，我記得阿納絲塔夏問過：「無法領受真理，應當怪罪於誰？無法領受真理的人，抑或無法傳授真理的人？」我想我也有錯，因為我沒有敦促政府為開始建造家園的人提供足夠的協助。我沒能用官員可以理解的語言闡述想法，雖然我們都講俄文，但不同階層的民眾使用語言的方式都不同，對同一個字也有不同的詮釋。

簡而言之，我不太會說官員能懂的語言。

總統、政府和國會裡都是和你我一樣的人，他們也有小孩、妻子、孫子。他們跟所有家長一樣，都希望小孩有個光明的未來。如果他們可以明白現況，就能獲得真正的權力，可以對社會的動向發揮正向的影響。不過我們要在哪裡找到可以終止「虛空的虛空」的文字呢？我們一定要找到！否則新的政治人物出現時，又會落入同樣阻礙思考的體制中。因此，我向各位呼籲，請求各位讀者一起找出不同社會階層都能理解的文字。

接下來，我要再次以我的立場，向我們的總統和政府呼籲。

致俄羅斯聯邦總統與政府

身為俄羅斯政府的最高領導人，您一定比誰都想讓我們的國家繁榮。您與任何國家領袖一樣，都希望獲得人民愛戴，在任內留下政績豐碩的美名，為國家和人民的富強奠定基礎。無獨有偶，每個俄羅斯家庭也希望過著人類應有的生活，每位生下小孩的母親都希望孩子有個幸福的未來，並且相信唯有整個國家一起邁向清楚可預期的正向前進，這才有可能成真。

您正是在這個前提之下，建立我們的國家機構，包括政府、部會和區政府。然而，無論您的願景有多真誠、我們的政府機關有多努力，我國仍然存在腐敗、毒品、娼妓、青少年犯罪等負面的現象。

我們的環境和人口組成每下愈況，家庭分崩離析，人口年年減少。我們的民族正在消逝中。

因此，您的所作所為都相當重要，包括加強縱向權力、重組政府、改革軍隊、使國內生產總值加倍。國家的所有指標都在成長、有良好的動力，但人民卻感受不到。我們的國民

——鄰居、同事、親戚、父母和孩子，越來越難理解彼此、對彼此說出有同情心的好話，越來越難在誠實、正直和信任的基礎上建立關係。對明天的害怕、對孩子未來的擔憂沒有減少，難道這不是最重要的指標嗎？

越來越多人積極地對抗這些負面的現象，但情況依然沒有改善。為什麼？為什麼人民的願望、總統的努力沒有在現實中得到回報？

難道我們現在不該正視這個問題，並且體悟到我們只是治標不治本嗎？難道您現在不該公開承認我國存在外來的意識形態，並且瞭解負面現象的背後都有一定的勢力嗎？您身為正規的KGB委員，不可能不知道這點。

這些勢力愚弄我國人民，使我們開始以扭曲的眼光看待現實。舉個最簡單的例子：廣告。學識淵博的心理學家或一般人都知道，大眾廣告的目的無他，不過只是影響大眾心理的工具。這種工具誘使很多國家的人民食用對身體有害的食品、穿著不舒服的衣物、投給特定的政客。而這種足以嚴重影響大眾的工具看似在您手上、在政府手上，是這樣嗎？當然不是！這些工具另有主人。想要導正這個問題，又會馬上被人說違背言論自由，但指控者本身根本不在乎人民的言論自由。事實上，大眾媒體掌握在金融大亨手中。

他們一直向大眾散播可惡的謊言，將事實藏在蠱惑人心的藉口之後，聲稱廣告商贊助了「人人都愛」的所有電視台和有趣的節目。但電視台的運作才不是靠什麼廣告商的贊助。他們不過只是將從民眾手中收刮的部分金錢投入電視台，並且為了支應電視、廣播、大眾交通和街頭廣告的費用，而提高自家商品的價格。因此，民眾才是電視台運作的金主，靠著他們購買添加化學物質的食品和劣質民生用品。民眾資助的是品質低劣、低俗而毫無遮掩的電視節目和影集，這些節目都將人類的形象塑造成狂熱又焦慮的尼安德特原始人。

意象科學和國家的意識形態由誰控制

有史以來，國家的意識形態都是由某種足以影響社會的機制形成，這個機制借助了意象、借助古老而神祕的意象科學知識。可能會有知識份子反對這種科學的存在，但它確實存在，而且不是起源於學界，而是人類本身的特質。人類生來就會思考，思想進而形成意象。

近年來，我們常將意象科學與古埃及做聯想。我們從歷史得知，祭司如何以創造意象的方式，解放國家或取得控制全國人民的權力。

納粹德國的親衛隊也用類似的方法，蘇聯時期的KGB第十三處也是如此。現代西方和我們近幾年興起的政治專家，經由直覺運用這種科學的元素，所以才有「塑造形象」、「生活方式」、「思考方式」和「候選人形象」等詞的出現。

對政治專家而言，候選人的志向、為人和才能並不重要，他們可以透過金錢和大眾媒體塑造出人民愛戴的形象。因此，人民投票時不是投給候選人本身，而是政治專家創造出來的形象。再過不久，我們就只能投出橡皮圖章議員，以及虛有其表的總統了。

至於塑造整個國家或民族的意象，又是層級高出數倍的政治專家的傑作。

數百年來不知看到多少透過意象統治國家的例子。對於現代人而言，高階政治專家——現代祭司——最淺顯的例子大概就是我們國家和人民在上個世紀的歷史了。

我們都知道世上最強的帝國之一——蘇聯——瓦解了，但蘇聯成立和垮台前是什麼情況呢？

蘇聯成立前，有人陸續創造了社會主義未來和共產國家的意象，而且都很吸引群眾，地主和廠長變成了啃食勞動階級的意象。當時的俄羅斯還是沙皇統治，專制體制看似堅不可破，但這個意象已經慢慢傳開，開始吸引支持者，並根據新的意象想盡辦法摧毀專制體制、建立新的國家。

蘇聯解體前也有意象出現——將蘇聯描繪成獨裁政府的意象。有人開始討論建立新國家的必要，一個以西方為楷模的幸福、自由、民主國家。共產政府和領導人變成嗜血又踐踏自由和人民的角色，社會主義體制變成無法被接受且毫無希望的意象。導演、演員和藝術家過去描繪了伴隨整個世代長大的共產國家，但他們創造的意象被拋到一旁，取而代之的是什麼？

後來的空窗期開始出現許多成功生意人、幫派、娼妓和好萊塢巨星的意象，年輕人紛紛模仿起他們的習慣和品味。物質的富裕無疑變成幸福的評判標準，是誰致富、如何致富並不重要。大眾被告知要建立已開發的民主國家，至於國外那些無法解決的問題，他們以前和現在都絕口不提，包括毒品、嚴重腐敗、環境惡化、心理憂鬱、生育率下降等等。

女人看不到一個給孩子的未來，自然就不想生育。

民主國家的人民看不到光明的未來，現代祭司仍把現代的民主弄得像是人類社會唯一可接受的體制。為什麼？因為在現代的社會中，民主是最好控制大眾的體制，只要將一切藏在言論自由、商業自由、選擇自由之後，同時向大眾扯謊就好了。這並非偶然，而是有人處心積慮做的。你對哪個意象有共鳴，自己就會變成那個意象。

這些政治專家知道整個國家下一步會發生什麼事。判斷俄羅斯發生的災難背後的主謀其實並不困難，只要追查國家重要的人力和資金每次都流往何處即可。

一九一七年革命後，俄羅斯大量人口外流西方，也帶走龐大的資金、歷史資產和傳統，但最重要的還是人力資源。

蘇聯政府解體後，一系列的改革和文明國家的美好意象持續吸走我們的資金和人才。

但最令人痛心的是，現在某個吸引我國政府的意象，竟然是要滅絕這個國家和其中生活的人民，而且完全不需要武力。有個比武器更強大的力量正在從中作梗，那就是意象。這些力量的組合已經可由現代分析家判斷出來，其實一點也不難，我們這就推理一下。

我們在建立什麼？要往何處去？政治專家告訴我們：「我們要依照西方的模式建立一個已開發的民主國家。建立後，我們都能過著富足又幸福的生活。」

「可是，」上百萬名公民異口同聲地說，「如果已經有富足且民主的已開發國家，直接移民過去不是比較簡單嗎？」於是上百萬人出走了，一一移民到德國、以色列和美國，他們將自己的智慧財產和實質財產放在這些國家，在那裡成了奴隸。意象確實得逞了！

留在俄國的人要做什麼？

「建立已開發的民主國家，並且變得富有。」意象說。可是交通警察要怎麼建立國家？商店的銷售員、行政機關的公務員要怎麼建立國家？大家都不明白，更沒有人知道一個月才領三到五千盧布，要怎麼變得富有？但還是有很多人設法開到昂貴的汽車、蓋出豪華公寓、去高級渡假村玩樂，他們不知道怎麼辦到的……

於是整個國家開始效仿他們，包括商店銷售員、消費者、交通警察、公務員、軍官、士兵、老師和學生。但瞭解意象科學的人只是對此嗤之以鼻：「抓幾個代罪羔羊，就能在維安部門內再建立一個維安部門。」我們只是治標不治本，意象已經達成自己的目的，能夠毫無阻礙地滲透政客、將軍、高階官員和平民百姓的腦袋。對「意象」而言，沒有所謂的邊境管制、閉門會議。它能誘使俄國少女從偏遠的村莊來到國外，讓她們以為可以從此過著幸福的生活，最後卻逼得她們在賽普勒斯、以色列或紐約賣淫。這種幸福生活的誘惑也讓官員忍不住收賄，警察與罪犯暗通款曲。意象擁有強大的能量，而我們的政府官員成天只有一套說詞：「已開發的民主國家」、「文明的西方」，使得對國家有害的意象日益鞏固。

人民明白國家出了狀況，所以普丁先生，在您打算撥亂反正時，他們都能認同，可是您要怎麼做呢？只是鞏固權力是不夠的，因為這樣做不僅會鞏固自己的權力，就連意象的力量也會增強。

擁有上千位官員雖然能讓權力增大，但依舊會受到意象的影響而不由自主地為意象做事，同時也為創造意象的人做事。但創造者早已決定俄羅斯的命運，並且肆無忌憚、明目張膽地行事。為了鞏固自己的權力，他們派了訓練有素的人員到俄國，強化對國家有害的意象。我在此鄭重宣布，這些訓練有素的人員正在俄羅斯的領土，他們的任務是監控國家的意識形態，並且適時做出修正。我認為您也知道這點。

我們來想想看，為什麼國內近幾年的文學、電影、電視很少出現正面的意象——可以吸引人民、建立楷模且有助於為孩子創造美好未來的意象。我們依然記得這些意象，並且靠此生活，但我們的孩子呢？

他們告訴我們，這是大多數人的需求，因為大家只想看好萊塢巨星、幫派械鬥的劇情和血腥衝突的報導。胡說八道！我們才不需要這些東西。他們告訴我們，不想看就不要看，不喜歡就不要聽，說這是選擇自由。但事實並非如此，甚至完全相反。我們根本沒有選擇的餘地，孩子沒有，大人沒有，連老人家也沒有。除非你已經心灰意冷、憤世嫉俗、死氣沉沉了，不然你會發現他們保證的幸福道路早就消失了，而且沒有其他的出路。您不也遇到這種情形嗎？還是說我們都一樣？這種荒誕無度是刻意加諸在我們身上的，神祕的特殊選擇機制早已存在。勇敢創造正面意象的詩人、創新教育家、導演和作家都被迫害，什麼也得不到。

說要打擊派系意識的西方情報單位也是一樣。不只是俄國情報探員，甚至社運人士和政治人物，包括您的總統府官員都有類似的言論。就像您的副主任蘇爾科夫曾在一次報紙訪談中提到：

「有集團在歐美和東方對俄羅斯祕密宣戰，這些國家地區至今仍將我國視為潛在的敵人。他們覺得蘇聯能夠幾乎不流血地垮台，都是他們的傑作，所以現在試圖趁勝追擊。他們的目標是摧毀俄羅斯，在廣袤的領土扶植為數眾多但國力羸弱的準國家。」

這種說法完全合情合理，因為推翻蘇聯的力量至今仍然存在，當初一舉成功之後勢必還不滿足，一定會趁勝追擊。

我們不能只是陳述事實，應該去瞭解造成負面影響的機制，這點特別重要。

我們都知道蘇聯解體不是因為武力侵犯，而是人民受到意識形態的操弄。意識形態才是主要的原因，它能夠摧毀或鞏固任何政權。但任何意識形態只要運作良好且有效，就能影響大眾。意識形態確實存在，卻不是我們自己的，但我們自己的去哪裡了？我們把它毀了！

蘇聯時期，除了意識形態機構和宣傳單位、共產黨中央委員會的意識形態部門、文化局和媒體外，還有一個龐大的體系，包括文化中心和文化之家、地區和鄉村俱樂部。這些機構讓數以百萬計的年輕民眾免費觀賞業餘藝術表演，包括舉辦演講和討論會，讓政府採行的意識形態可以深入群眾。

經濟重建初期，意識形態改變了，這個機構體系也跟著瓦解、沒了資金援助。

很難想像行駛高速公路的汽車駕駛突然發現自己走錯路時，不是調頭找對的方向，而是停下來拆解汽車。但類似的情形就發生在國內。當社會發現我們走的路不對時（當然不是經由特殊的力量發現），我們不是調頭並利用現有的機制，而是直接加以摧毀，取而代之的是什麼？

教導民眾心靈的主要任務（特別是年輕人）轉由俄國東正教負責，但有越來越多證據顯示，需要先被教導的是眾多的神職人員本身。

身為宗教機構的俄國東正教在給人希望這一方面一敗塗地，為什麼？原因很簡單，因為東正教在不到幾年的時間利用政府的補助蓋了兩萬座教堂，但要培養兩萬位真正能夠撫慰及教養民眾的神職人員，卻要好幾世紀和特定的條件。

所謂的條件不是政府出錢出力，因為這只會造成腐敗，吸引投機份子和騙子。在這種情況下，贏家不是那些虔誠的牧師，而是比較狡猾且有油水可撈的牧師；贏家不是那些虔誠院長帶領的會眾，而是能夠拿到補助的會眾。

畢竟吸引教徒及讓他們在靈性上有所成長是個非常耗時的過程，可能需要好幾年的時間。因此，偏鄉的神職人員因為沒錢而只能自己縫補破舊的聖袍，都市的人員卻能開名車。

對於俄國東正教普遍存在的貪婪、斂財行為，莫斯科和全俄大牧首阿列克謝二世曾於二〇〇四年十二月十五日，在基督救世主主教座堂舉辦的莫斯科教區年度會議中提過：「我們現在必須面對一連串負面的現象，包括教會活動的停滯、會眾生活不夠活躍、信徒不上教會禮拜，以及年輕一代對宗教興趣缺缺等。「會眾生活在許多方面越來越商業化，這正是東正教意識薄弱、信仰不足、容易遭人蠱惑的警訊……注重物質越來越常變成第一要務，這點排擠、甚至抹滅了有生命及靈性的一切。教會經常變成商業機構，販售『教會服務』。

「民眾遠離信仰的原因無他，正是因為主教和神職人員的自私所致。這種貪婪足以視為醜惡、致命的行為及對神的唯一背叛，換句話說，是種地獄般邪惡的罪。」

大牧首禁止教會向信徒收取聖禮費用，包括聖餐禮、婚禮、塗聖油、葬禮，也不准販售「教會服務」。但如果神職人員已經踰越了更高的神的誡命，他們還會理會大牧首實施的這項禁令嗎？

俄國東正教，但真的是俄國的嗎？

除此之外，西方情報單位也對俄國東正教展開了可能是至今最強、最有破壞力的影響。這點當然可以預測，只是沒人受到指令去做預測。我們已經知道，我國在發生大轉變前，一定會有意識形態的改造。西方情報單位替長官改造俄國時，怎麼可能錯過像俄國東正教如此重要的機構？當然不會！不然就不夠專業了。更何況當時俄國的情形再適合扭轉意識形態不過了。當時國內的情報單位不僅忙著重組，委婉來說也算是清舊帳，而且我認為目前仍在持續。

我們無從得知西方情報單位透過俄國東正教進行的所有滲透行動，但其中一個行動對社會造成的影響清楚可見，上百萬名俄羅斯人和教會人員從以前到現在都深受其害。我所說的是在俄國東正教庇蔭下形成的制度，這個制度將俄羅斯許多世俗和宗教組織貼上了「派系」的標籤，引起這些組織對俄國東正教的反感。

這些「反派系」都是掛著教會的名義，他們甚至聲稱這是阿列克謝牧首的主意。之前一些對教會抱持寬容態度或受洗後常上教會的人，甚至把自己掛在胸前的十字架扯掉以示不滿。

「反派系」還有一個詭計，就是他們會去揭發自己捏造的派系，實際上等於批評和羞辱俄國東正教，藉此給教會重重一擊。

後來，他們還決定控制俄國政府高層。

不過俄國各地有人看了我的書後，由衷而發地接受俄國美好未來的構想，開始請求地方政府分配土地給他們的家庭建造祖傳家園。

令人意外的是，這是人民第一次不要求福利或加薪，只需國內一小部分的自然環境，供他們建立生活的條件，而非只是生存而已。

人民出現這樣的渴望理應令人開心，而且不是稍縱即逝。過去四年來，可以看到這些人的願望是經過深思熟慮的，不是一時興起。這樣的構想吸引不同的社會階層，包括學生、科學家、企業家、老師、醫生、退休人士、軍人、政治人物、藝術家、詩人和作家。他們之中不乏院士、州長，甚至前蘇聯共和國的總統夫人。

這些人不僅有助於解決我國面臨的社經狀況，還能大幅改善人口、食物、失業率和國民健康問題。但最主要的是，如果政府給人民機會建造自己的空間，這份強大的動力可使心愛的國家富強起來。

然而，看來有人對俄國人民出現這種正面的志向不太開心。

真正的佔領者

有人指示俄國政府機關，甚至包括地方政府，要求他們將我的讀者視為派系和恐怖份子，進而反對他們採取任何行動，特別是想在鄉下建立祖傳家園的讀者。

有人以開除記者、威脅大眾媒體的恫嚇方式，不准他們報導這些行動，就算提到，也要說他們是在號召人民進入森林、回到過去。

有人要求文化機構想出對策，阻止任何與書籍本身和書中構想有關的活動。

讀者的消息明確指出，我國境內某些團體在政府和宗教團體中，有人從中作梗、大搞破壞。

這不只是我說的，連研究過大量資料的專業分析師也曾說過這點。

現在甚至還有「阿納絲塔夏派系」這種說法，但這到底所指為何？是身為作者的我？名為《阿納絲塔夏》的書？書中名為阿納絲塔夏的女主角？數以百萬計的讀者？還是讀者依照阿納絲塔夏的構想而想創造美好、繁榮俄羅斯的渴望？看來以上皆是。

看到國內外毫不信奉基督的神職人員佔領東正教，影響著政府機關的官員，真是令人難過。對他們而言，基督信仰不過只是幌子，從他們的行為可以明顯看出，他們根本沒有基督的道德。他們的手法沒有新意，就和當初摧毀古羅斯文化、宣傳異國意識形態的謊言和武力如出一轍。我曾在書中寫過這點。他們立刻指責我是自然信仰者，但這是什麼指控？不就是指控我有意暸解我國歷史和祖先的文化嗎？

雖然如此，還是有件令人開心、振奮的消息。生命中開始出現許多事蹟，就像一道看不見的光一樣，揭露他們見不得人的行為，讓他們陷入一個好笑的窘境。你們自己判斷吧。

10《家族之書》與《家族誌》

二〇〇二年，季里亞出版社（Dilya）出版了《俄羅斯的鳴響雪松》系列的《家族之書》，並在文中告訴讀者：「敝出版社理解並認同『家族之書』的構想，遂於本書付梓之際，決定另行出版空白頁的《家族之書》供讀者撰寫個人家族誌。」季里亞出版社出版此書不久後，俄羅斯之家出版社（Russky Dom）也於二〇〇三年出版名為《家族誌》的書籍，經常被稱為普丁精神顧問的吉洪・舍夫庫諾夫（Archimandrite Tikhon Shevkunov）正是編輯之一。

該書封面還有普丁總統和莫斯科及全俄羅斯東正教大牧首阿列克謝二世的推薦。

家族誌不僅是少數人或整個家族的故事，更是整個國家的歷史。俄羅斯的命運正是個個家族代代相傳的歷史。

每位俄羅斯公民都應擁有這些知識，才能明白自己的根源、自己在偉大俄羅斯的歷史中所扮演的角色。

——俄羅斯總統普丁

家族與家庭氣氛、親人關係、追憶祖先和撫養後代，這些對個人道德、乃至國家素養都有極大的關係，無怪乎很多民族都有「唯有愛家，方能愛國」這樣的諺語。

——莫斯科及全俄羅斯東正教大牧首阿列克謝二世

率先提出這個構想的正是阿納絲塔夏：

再過不久，世界各地數百萬個父母將會親手寫下家族之書，寫滿書中的每一頁。到時會有不勝枚舉的家族之書，每本書都有寫給孩子從心而發的真理，沒有半點虛假。在家族之書面前，歷史的謊言必會不攻自破。

——阿納絲塔夏

我不想去探究為何俄羅斯之家會追隨季里亞出版社，以及當中的負責人是誰，將構想在現實中實踐才是重點。現在我們看到俄羅斯總統、大牧首和國家杜馬議長都已表達支持，議長還在知識節*將《家族誌》送給學童閱讀。

那些可憐的毀謗人士該怎麼辦？把總統、大牧首和議長通通視為派系份子嗎？何況烏克蘭前總統還簽署了一份有關家庭農作的公文，同意給烏克蘭人民兩公頃的土地，不是只有一公頃。

州長阿亞茨科夫（Ayatskov）還曾在獨立新聞台的訪問中提到追隨阿納絲塔夏的讀者，說國家的未來就靠他們了。他也鼓勵下屬取得一塊土地去建造祖傳家園。

克麥洛伏州州長圖列耶夫（Tuleev）也分配了土地給一個聚落。俄羅斯大穆夫提塔朱金（Talgat Tadjuddin）在回答共同創造工作室記者的問題時，曾這樣說過《俄羅斯的鳴響雪松》系列：

「我很喜愛這一系列的書，讀完後獲益良多。我覺得這些書可以幫助世人增加對神的信仰，畢竟對神的信仰是需要每天培養的。但想要做到這點，我們不僅要打開雙眼，更重要的是打開心房。我們的心是用來給予愛的，而弗拉狄米爾．米格烈的書可以幫助我們愛神，他透過阿納絲塔夏的話，將此真相告訴眾人。或許神學家對此會有爭議，也或許有人會說這是假設，但對神的信仰——應該說是對神的愛——一開始必須慢慢累積，最終才會變成無限。在我們到達另一個世界之前，在這個世界就能得到幸福，而《俄羅斯的鳴響雪松》系列正能助我們一臂之力。」

發生這些事情的前夕，一名東正教牧首（我就不公布他的姓名了，以免他遺臭萬年）明顯受到同一批反派系份子脅迫。他們透過詭計和製造恐慌的手法逼他簽下一份公告。內容寫道，只要有人閱讀或推廣《俄羅斯的鳴響雪松》系列書，就會被逐出教會。

難道說，這位牧首要把也是支持者的大牧首也逐出教會嗎？畢竟他本人支持編寫家族誌的構想，還與總統一起背書。即使大牧首從未拿過我的書，但這不是重點，重要的不是白紙黑字，而是書中闡述的想法。既然書中的其中一個想法已經獲得背書，我相信其他想法在不久後也會得到政府官方的支持。不過在這個時間點……

我們應該讓執法機關去注意這些所謂的「反派系份子」的行為了。他們到底是用什麼方

---

* 九月一日，俄羅斯公定開學日。

法、什麼詭計，將俄國東正教當作擋箭牌？他們根本無心禱告！他們的真正目的是破壞宗教之間的和諧、貶低政府機關的權力。

我們不應輕易相信這些反派系團體對我的個人靈性成長有強烈的興趣，他們的種種行為都顯示，他們是要阻止俄國出現任何正向的轉變。他們改造人民思維的計畫可以在下面的例子中一覽無遺。

猶太人問題

最近社會又對猶太人問題吵得不可開交，近一千年來，類似的情形不知道發生了多少次。

大家越來越常提到，歐洲和俄國的極端思想正在增長，包括反猶太思潮。歐洲猶太人認為，這種情形與歐洲國家的穆斯林人口增加有關，並且聲稱穆斯林反猶太人。但有很多史實證明，敵對情緒是可以煽動的，現在有些團體非常積極地在做這檔事，甚至猶太人間也不乏煽動者。

反猶太運動給我們的印象是，背後有人下達命令使其發生。反猶太運動對某些人非常有利，我說的還包括金錢利益。極端組織在反猶太運動中沒有得到實質好處，反而還有所失去。為了躲避反猶太運動，身為金融寡頭的部分猶太人帶著部分資金搬到國外，設法使自己數十億的財產合法化，以獲得國際上的豁免權，實質好處反而是由這些國家獲得。為了利益，這些人不惜打壓俄國境內什麼都沒做錯的平凡猶太人，這在多災多難的猶太歷史中發生過好幾次。

為什麼要反猶太人？邏輯很簡單。社會對寡頭、金融大亨日漸不滿，主計處的資料顯示，約有七成的國民認為必須立即排除及起訴富人。總統、政府、檢察機關根據法律調查了好幾位寡頭的動向。他們宣告打擊貪汙，讓事態看起來在未來四年內，寡頭就會失去財產。所以在這種情況下，寡頭自然會想逃離俄羅斯。但問題來了，他們要怎麼讓自己帶去西方的財產合法化？最有效的方法，正是煽動足以驚動世界的反猶太運動。結果很好預測：出現反猶太運動後，金融大亨會到西方國家並自稱政治難民，這樣不僅可以得到政治庇護，也能使手上的資金合法化，同時還能透過頂替或可靠的人士，繼續控制他們部分的資源和工廠。

這裡要告訴所有俄羅斯人，特別是自認愛國的團體：千萬不要受人煽動或允許反猶太行為，否則你只是按照別人的劇本在走。

我們不能把這些詭計和不肖行為歸罪於所有猶太人，他們和白俄羅斯人、烏克蘭人、俄羅斯人一樣都有形形色色的人。以下就舉一個例子：我曾到喀山的讀者見面會演講，觀眾來自不同的國家，其中還有很多穆斯林。我在會上朗讀了猶太作家及詩人艾芬·庫什內爾（Efim Kushner）作品《不流血的革命》的其中一章。朗讀前，我先說明這位猶太作家住在以色列，但寫的內容是關於俄羅斯和俄羅斯的未來。當我讀完這一章後，觀眾席響起如雷掌聲。

穆斯林也為這位猶太作家及詩人鼓掌。

為什麼？為什麼向來被認為不友善的穆斯林會真心為猶太作家鼓掌？

因為他在書中談到俄羅斯的美好未來，認為這與《俄羅斯的鳴響雪松》系列闡述的構想有關，並且呼籲俄國政府採納依據這些構想的計畫。

我還能告訴各位，他並非唯一接受並支持書中阿納絲塔夏想法的猶太人。

以色列還有人成立關於阿納絲塔夏的讀書會，並以《俄羅斯的鳴響雪松》系列的主角為題，創作俄文和希伯來文歌曲。他們給我的印象是，將來會是猶太人率先實現這些構想，並帶領各國人民跟進。

至少我得知，以色列已經有人籌措不少的資金，準備建造對環境友善的聚落。「噢，他們真是狡猾，竟然竊取我們俄羅斯的想法。」可能有人會說。

他們沒有竊取任何想法，而是出手拯救。有人可以好心告訴我，是誰在阻礙俄國政府實行書中的構想嗎？畢竟海內外一直有俄羅斯人以個人和團體名義寫信給政府，從以前到現在都快五年了。

這種情況看來真是可笑，很多分析家都在討論俄國民間出現了國家理念，但這個理念可能會率先在以色列成真。這是誰的錯？

那些對於猶太人問題的討論，至少我從媒體讀到的，都是粗製濫造的報導。他們所陳述的幾乎都是老生常談的事實：猶太人把持各國媒體、大部分的電視台都在猶太人手裡、絕大多數的金流都是由猶太人控制。

這些都沒錯，如今的俄國也是如此，但這只是陳述事實，沒有其他內容。我們更應該瞭解的是，各國數個世紀以來，為什麼都發生類似的情況。

我可以馬上這樣說：這只是因為猶太人必須這麼做，而我們必須聽從他們，包括立法層面。

你們自己判斷：俄羅斯聯邦的杜馬國會立法承認國內共有四種主要宗教，其中兩種是基督教和猶太教。

根據基督教教義，基督徒是神的僕人且反對財富。我在聖彼得堡的飯店寫下這段文字時，窗外就能看到宏偉的東正教弗拉基米爾聖母教堂。教堂外牆以金色文字斗大地寫著：「惟求聖母傾聽僕人的禱告祈求。」

根據猶太教教義，猶太人是神的選民，財富與土地都歸於他們，而且允許放高利貸。

大家都知道宗教對人的心靈、個人養成和生活方式有很大的影響，得以讓我們的行事邏輯一致。我國最高立法機關採納了這兩種教義，決定誰是僕人、誰是主人。

身為守法的公民，我們不要相互欺騙，應該根據我國的法律接受猶太人的權力在我們之上。

肯定會有人對此感到不滿，有人覺得這很荒謬，但我們不能對現實視而不見，我們必須看清楚背後的原因，否則只會一直重蹈覆轍。

如果有人對現況不滿，那就一起想出解決辦法吧——一個讓穆斯林、基督徒、猶太人和其他宗教都能欣然接受的辦法。

這種辦法確實存在，它可以改變現況，並且掌握未來。現實已有很多具體事例可以證明這點。

一起創造

俄國總統在聯邦會議中表示，國內生產總額要在未來十年內成長一倍。嗯，目標是目標，重點在於怎麼實行。第一步是鼓勵人民，畢竟他們才是國內生產總額增加一倍的主力。現任政府的最高行政首長訂下這個目標以來，國內有什麼變化嗎？

令人難以置信的事情接連發生。

某些高階官員沒有試著實現目標，反而表示窒礙難行。但仍有些官員覺得一定要實行，不過僅止於此！沒有實際的行動。這樣的討論浪費了很多時間。二〇〇四年的數據相當悲慘，國內生產總額只增加了百分之六點四。

自目標設立以來，媒體只關心能否實行，卻從未嘗試付諸行動。

由此看來，俄國的政府體制很有可能會完全崩塌。無論官員是經由選舉或官派上任，他們總是會找各種理由不去實行命令。

想像一下，如果總司令下達準備進攻的指令，但將軍和上尉等下屬不去規劃攻擊行動，反而開始討論這個指令可不可行，這樣只會讓失敗成為必然的結果。現在的情況就是這樣。

但會不會是總統提出的目標真的癡人說夢呢？在想清楚前不能妄下結論，但我可以先告訴各位：這是可行的！

我知道讀者會很困惑，到底俄國東正教、反派系份子、西方情報單位，以及總統訂下國內生產總額成長一倍的目標彼此之間有何關聯。別著急，全部都有緊密的關聯。

我們想想看，國內生產總額成長一倍對誰有利？當然是俄國。但對誰不利？肯定是西方國家，因為他們只將俄國視為自身低品質商品的傾銷市場。

西方情報單位又居高臨下地看著俄國官員和總統，嘲笑他們訂下這些目標，但我們仍要按部就班。

要使國內生產總額成長一倍，必須先找出哪些產業必須大幅提升生產力、哪些產業應該避免再擴大。像是菸酒產業就不應再成長一倍，我國都快被伏特加淹死、被香煙燻死了。另外，也不應再擴大軍武、建造新賭場或增加自然資源出口。

不過這就表示，其他經濟產業不能只成長一倍，而要背負成長兩倍至三倍的重擔。政府不重視這些產業，所以從未訂過具體的目標。

可能有人會爭論，連成長一倍都不一定能辦到了，何必妄想成長兩倍呢？

我告訴各位，可以的！甚至不用挹注額外資金就能辦到。

以農業為例，農業的生產量逐年遞減，已經到了危及國家安全的程度。政治人物、國會議員和部分政府官員都曾提過這點。

這可不是亂說，國內有部分農產品的進口量已經高達四成，讓國家安全岌岌可危。這會有什麼後果？我來告訴各位。

我國農業人口預計會在二〇〇五年減少百分之二十五，使得問題雪上加霜。具體來說，這會讓國家完全依賴進口資源，政府不只得拿自然資源交換食物，還要販售導彈，國家才不至於人口過多而被吃垮。

這也表示農業必須改變，使生產量成長兩倍至三倍。但傳統的方法是沒用的，因為所有的提議都是增加補助，更何況還不知道這些補助最後落到何方，畢竟善於農耕的人口已經越來越少了。如果真是這樣，就連先進的設備和高科技都將無用武之地，因為沒有人會用。

由此看來，我們的首要目標，是讓農村出現善於農耕的人，需要上百萬人、上千萬人。不僅如此，他們還要有心、用愛接觸土地。如果他們不出現，講什麼都沒有意義。

但某些官員認為除非奇蹟出現，否則根本不會有這些人。他們不相信有這種事，即使已經出現了，他們還是不相信。

是的，各位，奇蹟已經發生了！

這都得感謝一個人，那就是西伯利亞的隱士阿納絲塔夏。

雖然她說的話對某些人來說是天方夜譚、難以置信，但卻是千真萬確的，真的在人的內心與靈魂中激起永恆的欲望。

國內各地有成千成萬的人想在鄉下生活，建立自己的家園後定居，而且這樣的人一年比一年多。

他們在各地籌組社會團體，並且大聲疾呼：「給我們土地！我們準備好建設了。」

二〇〇四年六月五日，他們還一起在弗拉基米爾城的大會上，正式成立全國團體。這是蘇俄垮台以來，第一次出現當代無可比擬的民間力量。當時座無虛席，很多地方人士都來了，雖然他們不是受邀代表，卻想來一探究竟，想瞭解現場情況。

大會投票通過發起一個名為「俄羅斯的鳴響雪松」的民間運動，宗旨在於支持祖傳家園的構想。這是真正的民間運動，不反政府，也不反政黨，只想以一個簡單的構想接觸眾人：一起創造。

這個民間運動有清楚明確的計畫，人人都能理解並受到大家支持。

實現此計畫的任一目標能為俄國政府帶來什麼好處？一公頃土地的目標看似簡單，卻能帶來很多好處：

- 大幅改善環境
- 恢復土壤肥沃度
- 解決國內民眾取得高品質食物的問題
- 大幅增加所有產業的收入，可成長一至兩倍且不會導致通貨膨脹

● 立即改善國內人口狀況，並使人民變得健康、恢復青春
● 解決國防問題
● 終止國內資金外流，並促進資金和人才回流
● 幾年內大幅減少賄賂、貪污、幫派和恐怖主義，最終完全消滅這些問題
● 團結鄰國和前華沙公約組織的國家，形成一股強大的力量，包括波蘭、捷克、斯洛伐克、匈牙利、保加利亞和波羅的海國家
● 終止俄國、美國和中東穆斯林國家的軍備競賽，加強三方合作關係

這些結果不是只有我提出，很多大學生也將此寫進畢業論文，例如有志成為法官的塔季亞娜·伯蘿季娜。很多學術著作也不例外，例如當過三屆立法會議員的經濟學博士兼教授維克多·雅科夫列維奇·梅基科夫。

另外還有專業研究者和民眾自編的小冊子。

以下我便針對幾個要點，提出簡單的理由。

首先假設全國決定實行阿納絲塔夏提出的計畫。

政府應向每個有意願的家庭免費配給一公頃土地，可終生使用且有權傳給後代。家園所種的作物和土地本身無需上繳任何稅。

此計畫可以帶來以下成果：

• 大幅改善環境

目前看來，已經獲得祖傳家園用地的人會先栽種野生樹木，每個家庭平均多達兩百棵樹木，兩千棵灌木、綠色圍籬用樹和漿果，以及五十棵果樹。

分析家保守估計，如果全國採行這個計畫且方法正確，初期會有一千萬戶家庭投入祖傳家園的建造。

也就是說，在實施後的一兩年內，不需要額外補助，國內就會栽種二十億棵野生樹木、兩百億棵灌木和五億棵果樹，而且這只是開始。

• 恢復土壤肥沃度

從實際經驗得知，人民在獲得終生使用的土地後（不是短期租地），第一件事情是，馬上努力恢復土壤。為此，他們不僅採用有機肥料，還使用比較自然的栽種方法，也就是在最初幾年，預先種植有助於成土的作物。

• 解決國內民眾取得高品質食物的問題

各位應該還記得蘇聯時期的墾荒運動，應該還記得大學生、中小學生、工廠員工被叫去集體農場和國營農場幫忙收成的那段歷史。我也去過這種大規模行動，到近郊的國營農場割草、收成洋蔥。

然而，國內的高品質作物生產量仍然沒有盈餘。現在的老一輩肯定還記得當時商店販賣的馬鈴薯都是快爛掉的，遑論那些賣相極差的蔬菜了。

國內後來出現夏屋運動，政府提供了六百平方公尺的土地給人民，接著奇蹟出現了。大家都能取得相關的統計數據。國內民眾在沒有部會機關的補助下，貢獻了國內八成的蔬菜產量(可惜現在的夏屋小農必須面對更複雜的條件，像是運費增加、土地稅和電費昂貴等)。區區六百平方公尺土地根本無法創造完整的經濟、種出可使土壤肥沃的大樹或挖池塘等。此外，夏屋小農大多是在週末和假日耕作，而且沒有足夠的經驗和知識。

一公頃的土地才能建造更完整的經濟。只要好好地安排，每平方公尺所需的人力可以減少三十倍左右。雖然不是立即見效，但我想強調的是：生產方式必須正確。實務和理論都證實只要實行這個計畫，就能百分之百保證國家擁有足夠的糧食。

至於品質，如果耕種的糧食是給家人的，肯定不會用什麼有毒的化學肥料，不會栽種變種作物。我國之所以進口這種無用的食物，而且消費者還買單，原因不外乎是國內糧食不足。一旦達到足夠的數量，品質就會跟著提高。希望我說的還算有說服力。

● 大幅增加所有產業的收入，可成長一至兩倍且不會導致通貨膨脹

有人可能會想：實現祖傳家園的計畫和增加收入有什麼關係？怎麼可能提升像是銷售員、電車司機、護士或老師的收入。兩者當然有關係！而且是直接的關係。

判斷一下，現在大多數企業都已私人化，為私人所有。大家稱為寡頭的老闆擁有豐厚的收入，但這是用什麼換來的？是用工人的最低薪資換來的。如果大家都還在排隊找工作，何必將薪水從五千元調高到兩萬元？他們根本沒有別的工作可找。

擁有家園的家庭就不一樣了，他們在家園工作，平均每月可以賺到一萬元（事實證明可以辦到），且生活開銷極低：不用付水電費，不用每天通勤上班，也不用花錢在市區的簡餐店用餐。想要說服住在家園的人去工廠或私人企業上班，老闆給的薪水至少是家園工作的一倍半至兩倍，還要補貼通勤和伙食費。

現在擁有私人工廠或採油公司的寡頭有能力在倫敦買座城堡（這是真的），每個月的收入高達一百萬元，但讓老闆擁有高收入的工人卻賺不到千分之一。

這樣的情況只會無限循環，最後必然導致社會革命，奪走業主的企業、推翻允許這種不公不義的政府。解決辦法只有一個，就是與工人公平分配。寡頭肯定不會自願的，但只要受到壓力就會屈服。

我們談論的是企業老闆與家園主人的關係，至於其他住在市區公寓的人，老闆為了讓他們留在公司，也不得不替他們加薪。畢竟他們可以有選擇，一是繼續工作、住在城市，二是開始創造不同的生活。

最後一個問題：為什麼不會導致通貨膨脹、物價上漲呢？

通貨膨脹每次都是某種精心設計的具體機制造成，物價上漲只是附帶的影響，主因在於人類遠離自然的生活方式。一旦民眾自己無法擁有石油或食物，而變得完全依賴，旁人就能輕而易舉地調漲這些物資的價格。但如果人有自己的果園，而您試圖調漲蘋果價格，這很奇怪吧。那石油呢？石油也有限制。目前的石油價格很高，兩三公頃的土地用馬耕種反而還比較划算，況且馬還能提供頂級的肥料。

● 立即改善國內人口狀況，並使人民變得健康、恢復青春

國內人口問題嚴重已經是眾所周知的事實，但「嚴重」一詞仍不足以形容現況。如果國泰民安的國家仍舊每年減少近一百萬人口，那簡直是可怕了呀！我想這種國家的領袖應該無臉見人，不敢面對人民和後代了。政府口口聲聲說要改善現況，最後都是一場空、沒有任何改變，令人不勝唏噓。生育補助看似必要，卻未帶來實質改善。

從數千年的歷史看來，我們知道女人如果看不到未來，肯定不想生孩子。所以必須先清楚明瞭地確立整個社會的發展，以及當中每個家庭的未來。

弗拉基米爾城的阿納絲塔夏基金會調查過想要建造祖傳家園的家庭，在兩千多份問卷中，共有一千九百九十五個家庭表示會生小孩，甚至有些人想生三個以上。

即使因為健康因素而不能生小孩的家庭，也打算到孤兒院領養小孩。為什麼會這樣？這

是因為人在建造有生命的美好綠洲時，心裡知道這會永世長存，同時希望孩子也能享受這樣的生活。

至於變得健康、恢復青春，再回想看看現實，您應該可以發現爺爺奶奶每年春天去夏屋時，都是充滿活力，彷彿年輕了好幾歲。況且懷孕的女人如果餐餐都吃無汙染的食物、只喝乾淨的水、呼吸新鮮空氣，肯定可以生出健康的寶寶，比現在出生的寶寶健康很多。

- **解決國防問題；幾年內大幅減少武器的數量，最終完全消滅賄賂、貪污、幫派和恐怖主義**

我們目前的國防實力和軍隊士氣（包括國內的警察）都已小於零，到了負數的程度。大家都知道各地的徵兵人員在徵召年輕人入伍時都遇到困難，年輕人不再覺得躲兵役是羞恥的事情，反而是勇氣的象徵。比較富有的人可以花錢不當兵，沒錢的人則想盡辦法「閃兵」，甚至做到自殘的地步。

結果軍隊盡是貧窮階級的子弟，根本沒有能力保家衛國，更別說他們對自己的國家還會造成什麼危險了。

我們來看看俄國現在的士兵必須保衛什麼？大家都會異口同聲地回答「家鄉」，但是家鄉的觀念早已崩解，鮮少有人理解什麼才叫家鄉。不久以前，俄國軍官和士兵發誓對也是家鄉的蘇聯忠誠，但一夕之間，國界變了，部分的領土變成國外。駐守在這些區域的士兵被人當作入侵者，後來留在仍稱為「俄羅斯領土」的地方保護人民，但保護的是誰？收賄的官員、寡頭？還是自己的家人？但如果士兵或軍官來自貧窮人家，他需要為家人抵擋什麼？

十多年來，政府一直宣傳我們正在「依照西方的模式建立文明且民主的國家」，但你們想一想：如果我們都被灌輸了一個觀念，認為北約組織或美國是已開發的文明國家，這表示我們是未開發又不文明的國家，那麼俄國的軍隊怎麼可能打得過這些敵人呢？太荒謬了。難道這是心理學上的囈語，還是精心設計的戰略？陷入這種絕境後，有人將職業軍隊視為萬靈丹，但這又更荒謬了。大家都知道職業軍隊是由傭兵組成，他們都是拿錢去射殺指定的目標。誰付的錢多，他們就為誰賣命。

歷史上有很多政府不敢把傭兵團帶回國內，古羅馬是這樣，美國是這樣，俄國部分地區也不例外。

職業軍隊必須一直保持在戰鬥的狀態，但最好不要在國內。如果回到國內，不可避免地會被現任政府的反對勢力收買，或是分散成好幾個團體，部分甚至變成幫派組織。大部分的情況下，武裝傭兵是沒有失業這回事的。如果不給他們工作，他們會自己找擅長的事。何況這種只為錢賣命的軍隊很容易被出價更高的人收買。

想像一下外國的軍事基地，比如說喬治亞、土庫曼或烏克蘭的士兵，每月可領三千元軍餉，而我們只有五百元。其實根本不用想像！因為國內早有這樣的案例，看看有多少訓練有素的前KGB探員在商業機構當保全就知道了，這還包括國外的銀行。

所以有辦法解決嗎？只有一個，就是讓俄國的士兵、軍官和將軍知道有他們值得守護的事物。

- **俄國軍官和警察分別晉升中尉和警長時，不僅要在肩章上掛星，還要有權取得可建造未來祖傳家園的一公頃土地**

授予的土地不能是蠻荒之地，應是政府專門給人建造聚落的菁英之地。軍官可以在這些土地自己選擇一公頃，休假返家時可以獨自或與父母一起開闢新花園、挖池塘或決定蓋房子的地方。

如果軍官常常調派各地，甚至派到其他國家，住在軍官宿舍、軍營或甚至營帳時，也應知道自己所選的地方——他小小家鄉的花園、他自己的花園——正在春天裡盛開。愛上他的女孩也能從肩章上的星星知道，她的愛人有未來、有家鄉、有給未來孩子的家。

即使女孩得先與軍官度過艱難的時刻，他們至少每年都可以回到自己小小的家鄉一次，一起夢想、規劃未來的家園。他們可以決定要在哪裡挖池塘、在哪裡蓋房子。

即使回到自己土地休假一個月時，必須住在帳篷，他們仍可看見家族的美好未來，感到無比幸福。

即使未來花園的樹木還小，他們在四周種植的綠色圍籬尚未成形，這些植物已經在那兒，一邊等待創造自己的主人，一邊成長、盛開。

- 如果軍官妻子懷孕，政府要在三個月內於準父母的指定位置上，依照他們的設計建造小屋且附上所有設備（現代科技可以做到這點）

俄國軍官妻子會在懷孕的最後幾個月住在家中。或許家裡會有父母陪她，或許她自己在家，有好鄰居與她共享時光。但重要的是，她的身邊和內心會有非常必要的正面情緒，畢竟周圍就是屬於她與愛人的小小家鄉空間。

她不會到國外或我們習慣稱為「產房」的地方生產，而是跟很多女人一樣在自己的家園生育。或許旁邊會有醫生看著，但一定是在家裡這個他們熟悉、對他們有利的溫馨環境，而不是在聽得到其他眾多孕婦呻吟、叫喊的病床上。

● 俄國軍官的孩子要在自己的祖傳家園出生

即使孩子出世時，身在遠方的年輕中尉也能聽見、感覺得到寶寶第一個快樂的哭喊聲，而且肯定可以。這位年輕的俄羅斯中尉不會讓敵人侵略他的家鄉，因為家鄉中有他的家園。在與他最親近、他最摯愛的小小家鄉中，他的愛人牽著還小的兒子走在盛開的花園，帶著兒子跨出人生的第一步。

社會啊！我們的社會！由社會組成的國家現在已經知道，要讓年輕的媽媽——俄國軍官的妻子——不用再為孩子的伙食煩惱。社會要讓她衣食無缺。不用像對待寡頭的妻子那般，也不用追隨空洞的潮流帶來看似昂貴的名車。她要的不是這些，而是愛與未來。重現家鄉才是她的重責大任，是她最重要的工作、任務。

社會給她的薪水應該與她的丈夫一樣。薪水不足以補償她偉大的創造，但至少是社會和國家釋出善意的第一步。

以上都是可能發生的，前提是不要用高階的經濟考量混淆視聽。油管為俄國帶來了大把大把的美金，但為什麼連一點錢都沒有給俄國軍官、他的妻小和他的家園呢？

究竟是誰想出了這套機制，自己卻躲在看似萬靈丹的民主背後呢？當軍餉微薄的俄國士兵和軍官必須保護有錢人、保護他們在盧布耶夫公路旁的別墅，以及在其他地區無數個跟他們一樣有錢的人時，這還算是民主嗎？這不是民主，是「民苦」！如果這種情況再不改變，就不會有人為我們保家衛國。老百姓不會有人守護，總統也沒人保護，更別說是大小老闆了。

如果終結這種「民苦」，什麼貪污、販毒、交通警察向司機收賄這種惡名昭彰的事情都會消失。

告訴我，為什麼交通警察要站在大馬路上，吸著路邊揚起的塵土，還有名車和中階車排放的廢氣呢？他們看起來聰明，實際跟笨蛋沒有兩樣。他們得時時小心自身的安危，換來卻是微薄的薪水。

他們如果不向車輛駕駛收賄，親戚會嘲笑他們，認為他們是異類；妻子會責罵他們，孩子也會因為父親買不起流行牛仔褲送他而轉身離開。

所以他們才不怕內部的反貪污小組。就算被開除了，也不是多大的損失。如果正直工作不能為家人帶來好生活，表示得換工作了，但要找什麼工作？什麼工作能讓他們保持清廉，同時養家糊口呢？

他們只能站在塵土和廢氣中收賄，社會也鮮少譴責他們的行為，反而把錢掏出來給他們。「能怎麼辦，大家都是這樣啊！」大眾會這樣想。但這才是可怕的地方，我們竟然對此見怪不怪了！我們不再思考其他的出路。

我們對滿街的妓女、無家可歸的孩子和街頭混混習以為常，我們對名為「選舉」的作秀視而不見。還是說，是有人讓我們習慣這一切的？

畢竟對現在住在村莊裡的俄國人而言，最可怕的是左鄰右舍的輿論：「她是蕩婦」、「他連家裡都管不好」。

因此，我們要恢復那個時代，重新聽到最讓俄國人開心的讚美：「他是好人」、「他的小孩很有教養、很細膩」、「他的家園很美」。這樣社會便不會有犯罪、貪污和毒品了。這個時代總有一天會來臨。

＊＊＊

一位頭髮灰白的老人坐在林蔭下的花園長凳上，溫柔地摸著三歲孫女的紅褐色頭髮，而孫女躺在他的胸口。十一歲的孫子拿起掛在椅背的將軍外套想要試穿。肩章上有兩顆很大的將軍星星，而那之前曾經是中尉的兩顆小星星。

但這不是重點，頭髮灰白的將軍看著孫子孫女心想。重點是他為他們創造並保存了這座花園、池塘和祖傳家園的美好空間——他在俄羅斯中心的小小家鄉。他維護了俄羅斯，讓它繁榮！這是他的家鄉！清新的微風將俄羅斯花園的芬芳吹往全世界，星際的風也向其他世界捎去地球綻放的消息。天上的星星羨慕地亮著，渴望見到來自地球的訪客——神聰明且智慧的兒女。

這一定會成真！但在此時……各位中尉，你們聽見俄羅斯土地的心正在跳動、發出訊息嗎？！它在懇求你們一點一點地拿走它，在它身上種出一片片花園。它會以天堂樂園般的空間回報每一個人，送給你們永恆的禮物。

你們聽見了嗎！一定要聆聽！

● 終止國內資金外流，並促進資金和人才回流

我可以依據理論證明，只要徹底執行阿納絲塔夏的計畫，這個目標就會成功。一些知名學者和學生也在論文中用理論闡述過。

大家對這個問題的看法不同，唯有實務可以成為不容置疑的證據，而且確實有人做到了。

鄰近和遙遠的很多俄國僑胞已開始行動，他們搬到甚至還沒蓋好、尚未取得法定狀態的聚落。舉例來說，我知道弗拉基米爾附近就有一座聚落，裡面有一位土庫曼的老師和一對美國的年輕夫婦。類似的情況也發生在俄羅斯、烏克蘭境內很多正在興建的聚落。大家不是在等待政府立法授予土地，而是因應現有法律做出行動、買起土地。他們買的是自己的家鄉，社會、國家有義務把錢還給他們，否則他們都會被人指責，責怪他們竟然向想定居在自己出生地的人拿錢。

無論如何，人民已經開始回流，雖然現在只是少數，但一旦法律允許每個有意願的家庭可以獲得一塊建造祖傳家園的土地，一切有利的情況出現後，會有什麼結果，各位可以想想看。

一封從德國寄給俄國總統的信

俄羅斯聯邦總統府
102132莫斯科舊城廣場四號

阿納絲塔夏（立案團體）
D-67468弗蘭克內克許市茨勒柏格街四十三號
電話：+49 6325 955 99 39
傳真：+49 6325 18 38 59

www.anastasia-de.com
電子郵件：info@anastasia-de.com
阿納絲塔夏（立案團體）

普丁總統，您好：

這封信出自多位前蘇聯公民之手。我們出自不同原因來到國外，德國成了三百多萬名前蘇聯公民的棲身之所。在海外體會西方「文明天堂」的同時，我們很多人都意識到自己失去了家鄉。沒有家鄉的人是無法完全幸福的。

現在俄國出現一個可以促進身心健康的全新構想，包括西歐在內的許多國家人民也深受吸引。多虧這個構想，我們看到俄國目前擁有極大的靈性潛力，可使和諧的人類重生、重建和諧的國家。

關於這個構想的細節，可以閱讀弗拉狄米爾·米格烈的《俄羅斯的鳴響雪松》，這套叢書的印刷量已經超過六百萬本。許多俄國人、獨立國協和其他國家的民眾在讀了米格烈的作品後，獲得美好的重生希望，這對所有人、家庭和國家都很重要。

這個構想大致如下：

每個家庭或每位公民有權免費獲得一公頃土地，他們在這塊土地建造自己的小家鄉——祖傳家園，並且可以世世代代傳承。人都是在土地上出生，所以必須擁有自己的一塊家鄉，由他和未來的子子孫孫親手創造、建立而成。

您曾在一次演說中提到，俄羅斯是在鄉野大地誕生，在大地長久生活，這才是俄羅斯的天命道路。我們非常同意！嚐過西方文明的甜頭後，我們清楚知道這種惡名昭彰的文明是伴隨著毒品、娼妓、孤兒、竊盜和謀殺，這還不包括歐洲最嚴重的環境和人口問題。俄國如法炮製西方的模式時，如今也面臨了這些問題。現在漸漸有西方人驚覺，西方民主國家採取的方向只是將他們帶往絕路，甚至自我滅絕。

俄羅斯數百年來經歷風風雨雨，使人民擁有一種獨特的精神。多虧這種精神，俄國人面臨靈性和生態的重大危機時，都能站在深淵邊緣不畏艱難地想出嶄新的國家理念——孕育新的生命，甚至抵抗威脅全人類的自我毀滅災難。

身為前蘇聯公民，我們完全瞭解「家鄉」的概念。無論是否取得外國公民身分，我們很多人都知道自己的靈魂和心都留在那個我們生活了大半歲月的地方。

我們想要回到俄羅斯，開始創造自己的祖傳家園，建立全新型態的聚落。建造祖傳家園的運動可以改善全人類的生活品質。我們知道這有很大的部分是取決於我們自己，取決於我們的勞力、能力和經驗。我們很多人在歐洲都有新職業、學了外語，還有一些人創業。我們不少人也開始研究西方生態聚落和非傳統耕種的經驗。

我們會在聚落中興建學校、會所和醫院，或許不需要政府特地補助，因為我們有個個領域的專家，我們也已準備好且有能力自行籌措資金及尋找機會。

這樣的運動可以徹底改善大眾的生活品質，讓至今荒廢、無人使用和使用過度的土地變成一座座結實累累的花園。擁有新意識、新處事態度、新世界觀的新俄羅斯人將代代在這裡出生繁衍。

不僅如此，我們願意幫助目前住在俄國和獨立國協的家人與親戚。這也有助於解決青年、失業人口和遊民目前面臨的問題。我們都已準備好集結家族各代的力量，並且貢獻自己的能力、經驗、知識和金錢，共同創造強大、崇高而令人驕傲的家鄉——俄羅斯。

為了實現這個構想，我們請求您考慮以下的提議：

1.每個有意願的家庭或公民有權免費獲得可終生使用的一公頃土地，且有權傳給子女。他們在這塊土地建造祖傳家園，但不得販售。

2.對於蘇俄或前蘇聯共和國出生的公民，以及前蘇聯公民，如果他們想要創造自己的小家鄉或大俄羅斯，應為他們簡化取得俄國公民身分的程序。

誠摯且帶著敬意的未來俄國公民

一百六十人於德國連署

＊＊＊

可惜這封信並未得到俄國回應，連形式上的公文也沒有。德國的俄語社區已收到郵政回條，表示俄國總統府確實收到信了。

這種情況已經變成慣例，不只是你們，連住在俄國的我們都未曾得到回應。官網上有個專區收集了滿滿的信，有些是用英文寫成，其中不乏寫給俄國總統的信。五年來，大家一直在寫祖傳家園這個同樣的主題，但到現在什麼回應也沒有，不論是連署或個人，寄出的信都石沉大海。

你們很快就會知道，這種情況是必然的，因為俄國有一股力量自詡在總統和政府之上。他們甚至覺得自己高過人民，但他們錯了。他們雖然可能在醉生夢死的人之上，但卻沒有、也不可能有任何力量，高過心中有著未來夢想並渴望將它實現的人。

我必須代替官員、總統回應我所敬重的各位前公民。

我要先感謝現在住在德國、美國、以色列、波蘭、捷克、斯洛伐克、義大利、法國、喬治亞、白俄羅斯、哈薩克和蒙古的你們。感謝各位的努力，有關阿納絲塔夏的叢書才能在你們居住的國家翻譯並出版。我不認識各位，無法拜託你們，但我知道你們的內心都被感動了，我知道你們四處尋找出版社和譯者。如果對方不認同你們，你們甚至親自翻譯及出版，例如捷克、斯洛伐克、加拿大和美國。

後來終於有人認同你們了！我在德國柏林和司徒加特與讀者見面時，第一次感受到這點。

俄國移民德國而會俄文的讀者，以及當地不會俄文的德國讀者聚在爆滿的場地，人數各佔一半左右。我知道德國俄僑和德國人處得不是很好，但他們齊聚一堂，友善地向彼此解釋從俄文翻成、有時不是很好理解的翻譯。我以前總覺得德國人一板一眼，沒有強烈的情感，但事實證明我錯了。一位德國農夫在讀完有關阿納絲塔夏的書後，開車遠赴西伯利亞。他不懂俄文，也不熟悉俄國交通、交警和天氣，但他義無反顧，從俄國帶回了許多紀念品送給朋友。

我一定要萬分感謝那些主動、有時還自掏腰包翻譯及出版的外國讀者，不過重點不在於書本身，而是別的。謝謝你們理解並支持來自俄國西伯利亞的構想和夢想。現在這個夢想不再專屬於俄羅斯，也是各位的夢想。祝福各位保有這個夢想、努力實踐，並傳給後代，讓他們將這個夢想做得更完美。

我不知道誰的功勞比較大，是阿納絲塔夏和她充滿熱情的言論嗎？是書嗎？還是所有理解這個構想、繼續傳承火炬的人？

阿納絲塔夏曾說：「我要把我全部的靈魂送給人類。我會透過我的靈魂堅守在人類的心中。所有的惡端，準備迎戰吧。放過地球……」

我當初以為這只是普通的話語，但事實證明這一點也不普通。

阿納絲塔夏的夢想已經傳遍世界，在不同國籍和信仰的數百萬人心中點起小小的火苗。

這不再只是她的夢想，而是許多人共同的夢想，而且無法被人抹滅，會永永遠遠地存在！

11 地球的一塊一公頃土地

時常有人跟我說：「你為何對一公頃土地如此執著，明明還有更重要的事。」但我認為現在我們的生命中，沒有什麼比將地球恢復成最初欣欣向榮的樣子還重要了。

所以我才再三強調一公頃的祖傳土地，畢竟這比一切重要多了。我或許沒有那個頭腦、智慧去解釋這點，甚至也沒什麼耐性，但只要至少有人明白一點點，就算成功了。

有件事情值得一提。二〇〇三年瑞士蘇黎世的一場國際論壇上，主辦單位邀我上台演講。我講起俄國一個新興的構想，但觀眾似乎不太買帳。

有位觀眾問：

「您覺得一公頃土地和人的靈性成長有何關聯？或許開墾土地對俄國而言是個重要的議題，但這在歐洲早已解決了。我們今天來這裡是想談靈性成長的。」

我有點緊張地回答：

「我今天在此講一公頃土地，講在這塊地上建立祖傳家園，可能有人覺得這個想法很落伍。我應該針對靈性講出什麼大道理，因為這場極具權威的歐洲論壇正是因為這個重要議題而生。主辦單位跟我說過，我的面前都是歐洲知名的創新教育家、哲學家、靈性作家，以及很多對靈性思考透徹的專家。但正因為我知道觀眾的組成，我才選擇跟你們講一公頃土地。

「各位先生女士，我相信愛與靈性這些概念必須有具體的實現。

「我說的一公頃土地，也就是阿納絲塔夏所說的，不單單是在說一塊一公頃的地，這是一個能讓您和宇宙相連的空間。宇宙的所有星球都會對這個空間和您做出回應，它們會變成您的朋友、幫手和共同創造者。

「根據自然法則，各位可以觀察一朵普通的花，以雛菊為例好了。雛菊和宇宙、星球和太陽之間有不可分割的連結。花在太陽升起時盛開，在太陽落下時闔起花瓣，兩者配合得相當和諧，縱使相隔一兆公里或光年，都不能斷開這個連結。巨大的太陽和地球的小花相依為命，它們知道唯有一起合作，才能為宇宙創造偉大的和諧。

「不過，地球上的每株小草不僅會回應太陽，也會回應其他星球、回應人，以及回應人的感覺能量。

「科學家做過這樣的實驗，他們將感測器裝在室內的花上。花只要有任何一點能量的波動，都能透過儀器的指針看得出來。科學家請幾個人輪流進到房間，一人直接經過花朵，一人走去澆花，另一人則摘下一片花瓣。根據感測器的結果，每當摘花瓣的人走進房間時，花朵就會變得激動，指針開始偏斜。

「另外還有一個常見的現象：花會在主人離去時凋謝。因此，所有植物對人類都有反應，可能喜歡或不喜歡特定一人，進而向自己的星球傳達愛與不愛的訊息。

「現在假設您有一公頃土地的空間，但不是什麼種馬鈴薯拿來賣的地，您將帶著一定程度的意識和靈性知識在這塊土地上開始創造。

「您有自己的土地，裡面的眾多植物不是出自工人之手，而是您親手栽種。每株植物和小草都會對您表達愛意，這些有生命的植物能夠為您收集宇宙所有最好的能量，收集後獻給您。植物不僅是靠土壤的能量維生，畢竟您也知道有些植物不用土壤也能生長。

「五千年前，古埃及的祭司創立了許多宗教。這些祭司統治所有人民，是當時最有錢的一群人，皇宮地窖裝滿黃金和珠寶箱。他們知道很多祕密科學，法老會向他們尋求建議和金錢。不過每位高階祭司自己都有一公頃土地，而且不讓奴隸耕種。他們是當時最有錢的人，鑽研很多科學，也知道一公頃土地的祕密。埃及古神殿——祭司神殿——的牆上刻著『不要接受奴隸的食物』就是一例。

「另一例是古羅馬元老院曾頒布一道法令，規定如果奴隸有能力耕種土地且獲贈一塊地，那麼要賣掉這個奴隸時，必須將他的土地一併賣給下一位主人，以免外人接觸這塊地的作物。為什麼羅馬元老院要將土地給部分的奴隸呢？為什麼還給他們錢蓋房子呢？原因只有一個：要從他們以愛與關懷栽種的作物收取一成的收成，只有這種作物才能為人帶來益處。

「埃及祭司和古羅馬元老院知道哪些食物有益人類。我們現在的食物完全不適合食用，因為都是『死的食物』。當場摘下並食用的漿果與商店販賣的漿果簡直天差地遠，後者不僅已經開始腐爛，而且毫無能量可言，無法滋養人的靈魂。我甚至還沒提到技術治理世界創造的變種植物呢。

「由此看來，如果您沒有自己的一公頃土地，就不可能找到有益於人類的食物。您可以花錢買蔬菜，但您必須知道這些蔬菜並非為您而種。這些蔬菜不為誰而種，是為了錢。

「您親手並誠心創造的空間會是一個愛的空間，沒有疾病是它治不了的。

「人類是神的孩子，植物和動物界、空氣和周遭環境也是神的創造，萬物正是神的精神的具體展現。如果有人覺得自己擁有高度的靈性，不妨試試將靈性具體地展現出來。

「想像一下神在天上看著我們，祂會看到有人開著電車，祂的一些孩子在蓋房子，有些人則在商店的櫃台後面賣東西。這些都不是神創造的職業，而是給奴隸做的工作。神不希望自己的孩子變成奴隸，祂創造這個美妙的世界，並交由祂的孩子使用。拿去好好使用吧！但要做到這點，您必須瞭解世界，知道月亮是什麼、知道稱為蓍草的植物是什麼。

「一公頃土地是什麼地方？是人要揮汗工作的地方嗎？不是！人在這裡完全不用工作，而是掌管世界！各位告訴我，在以下兩種人中，誰比較能為神帶來快樂：開著電車的人，還是只有一小塊地卻將此變成天堂樂園的人？想也知道是後者。

「現在能為人類開創通往宇宙的道路嗎？或是教導他們移民火星、月球嗎？當然不行！因為他們會在那邊製造武器和汙染，那裡會像地球一樣出現戰爭。但人類是為了開墾其他世界而被創造出來的，而想要實現這點，人必須瞭解並美化地球。開墾宇宙星球的方法絕對不是靠科技，而是心靈。

「人必須體悟宇宙真正的美在哪裡。

「你們的蘇黎世是公認的美麗城市，說一千次漂亮也不為過，但具體來說，到底是美在哪裡？是啊，市容是很乾淨，大家看起來也很富有，但鋪滿柏油路的地方稱得上美嗎？只有零星幾個綠地，這樣真的好嗎？高聳的大樹——雪松——在城市的中央奄奄一息，這樣真的好嗎？它因濃煙而窒息、因廢氣而窒息。而且窒息和奄奄一息的不只是它，走在路上的人也因廢氣而窒息。

「我們必須思考自己對地球做了什麼，用簡單的話即可。我們每個人應該各取得一小塊土地，全心全意地創造真實的天堂樂園，面積再小也沒關係。我們一起來把自己在大地球的小土地變成盛開的花園，追隨神的楷模實現自己的精神吧。如果數百萬人在個個國家都這樣做的話，全地球就會變成盛開的花園，屆時不會再有戰爭，因為數百萬人都會沉浸在偉大的共同創造之中。如果俄國人要來瑞士或德國，一定是因為想要開心地欣賞有生命的美麗綠洲，學習對方如何將真正的靈性具體地化為現實。

「但是很可惜，現在俄國極力追隨西方的腳步，政治人物每當談到西方國家時，都會用『已開發』、『文明國家』等字眼來號召人民跟上它們的『發展』和『文明』。政治人物不知道我們不僅可以迎頭趕上，還能大幅超越。但想要做到這點，俄國必須往反方向前進。

「我絕對不是要貶低或詆毀你們西方的文明，但畢竟今天的主題是靈性，所以我們必須對彼此誠實。靈性不能只用物質的富足和科技的成就衡量，這種單一且以技術治理為依歸的發展方向只會將人帶往深淵。我相信在座各位都知道這點，但各位也要知道你們遠遠跑在我們前面，所以應該試著停下腳步，好好思考我們的世界怎麼了。如果想到答案了，請大聲告訴跑在後面的人：『停下來，你們別跑了。前面就是深淵，我們已經在邊緣了，去找別條路吧。』

「如果我們聽從內心的聲音，我們應該要著手實踐我們一直在說的靈性。一公頃土地雖然只是地球上的一小點，但只要有數百萬個這樣的地方，全地球就會變成盛開的花園。數兆片的花瓣和老少幸福的微笑，會讓宇宙知道地球人已準備好偉大的創造了。而宇宙的星球會回答：『我們等你們，人類。我們等你們，值得尊敬的神子。』

「千禧年是地球重大轉變的開始，已有成千成萬個俄國家庭渴望擁有一公頃土地。為孩子實際創造愛的空間的父母，比那些只空談靈性的知名智者還更有靈性。

「但願每個人的靈魂都能像美麗的花朵、果香宜人的樹木一樣，從土壤中生長出來；但願地球上的每塊一公頃土地都有這樣的景象。」

說完後，觀眾席鴉雀無聲了一段時間，接著才響起如雷的掌聲。

我隔天在蘇黎世也有一場演講，現場再次座無虛席，其中也有很多僑胞。

我覺得演講沒有非常順暢，特別是還要透過翻譯。但大家沒有離席，反而專心地聆聽，這是因為對他們講話的不只是我，還有一股崇高的力量。那是一股簡單具體卻非比尋常的力量，數千年來一直深藏於人的內心，那就是渴望回歸人類身為創造者的真正生活。

當時我心想：「難道我要向所有人證明，曾被歪風帶走的俄國兒女都會回到俄羅斯嗎？他們肯定會回來的！」各位應該還記得阿納絲塔夏說過的話：

「這一天，大家會來到俄羅斯！亞特蘭提斯人所孕育的大地之子！全部如同浪子歸鄉！讓各地的吟遊歌者撥弄吉他。長輩將寫信給孩子，孩子將寫信給父母。你和我都會變得年輕，人人都將第一次感到如此青春洋溢。」

12 人民的力量

我還想向《俄羅斯的鳴響雪松》的讀者提出一個問題。

各位都在為俄國的發展集思廣益，想要制定一個屬於人民的計畫，一部分的細節已經收入年鑑，一部分放在阿納絲塔夏官網。對我而言，絕大部分的資料都很有趣，不過有個關於權力的問題尚未獲得明確的解釋，而這十分重要。我們可以一起思考看看。首先，我想先與各位分享我的看法。

政權世代更迭，光是過去一百年就有沙皇統治、共產時期和幾位民主領袖。政權會變，人民的生活卻未見改善，為什麼？難道永遠都是壞人當政嗎？那可不一定，應該說是現行的制度讓任何取得權力的政治人物變成毫無效率的官員，無法為社會的生活品質帶來實質改善。

以前幾任期的國會為例，我們看似投給一般有家庭的正常人，但他們上任後卻提出奇怪的法案（說奇怪還算保守了）。為什麼？是不是他們上任後，就進入一個離人民很遠的世界？住在國會宿舍公寓、搭乘裝有鳴笛的車輛，在禁止人民進入的辦公室工作、坐享各種福利和虛榮。

阿納絲塔夏的祖父跟我提議過一個關於國會議員的有趣法案，內容是他們應該取得一塊土地，與人民一起住在這塊土地的聚落中。烏克蘭的法律系畢業生塔季亞娜·伯蘿季娜曾為這個目標草擬法案，我覺得值得和大家一提，所以決定將該法案的重點收入此書，鼓勵讀者將這份法案交給各地不同層級的立法機關。

此外，我也呼籲讀者務必參與地區和聯邦投票，但只投給住在自己家園的議員候選人。

但是難道只憑護照的國徽，就能證明你是俄國公民嗎？很多候選人都有俄國公民身分和居住許可，卻在國外擁有金碧輝煌的莊園。他們會為俄國人民著想嗎？他們的心思更有可能在完全不同的地方。

如果候選人在俄羅斯擁有自己的小家鄉——祖傳家園，並與俄國公民住在一起，那麼他們的行為可望能為這些人民和廣大的家鄉帶來好處。

現在已有很多人認清這點，還有大學生開始起草法案來幫助國會議員。

俄羅斯各級民意代表建設祖傳聚落法案（草案）

本法規範俄羅斯民意代表建立及經營祖傳聚落的權利、社會與經濟基礎，保障俄羅斯公民依憲法得享土地所有權，作為國家富裕的基礎。

本法旨在為俄羅斯民意代表創造優質工作環境，以利準備、制定及通過俄羅斯法律，保障民意代表能與選民擁有最為密切的交流。

第一章　本法基本詞彙與概念

本法所用之詞彙定義如下：

祖傳家園：一至一點三公頃的土地，供成年俄羅斯公民終生使用且有權傳至後代，無須繳納土地及收成稅金。

祖傳聚落：根據地方自治且由祖傳家園、社會文化機構和社區設施組成的人口聚集區。

終生使用：無條件、無限期且免費的土地擁有權和使用權。

有生命的圍籬：祖傳家園或祖傳聚落四周由樹木和灌木叢形成的圍籬。

第二章　祖傳家園與祖傳聚落立法

將土地供俄羅斯民意代表建立祖傳聚落的程序，以及祖傳家園和祖傳聚落的法律地位和運作，均受《俄羅斯憲法》、《俄羅斯土地法》、本法、《俄羅斯祖傳家園與祖傳聚落法》等相關法律規範。

第三章　祖傳聚落立法基本原則

俄羅斯民意代表建立祖傳聚落應符合下列基本原則：

1. 合法。
2. 建立良好條件供俄羅斯全體公民有權取得土地，成為國家富庶的基礎。
3. 建造祖傳家園的用地是以無條件、無限期且免費的擁有和使用為原則。
4. 祖傳家園所有人無需為家園種植及生產的產品繳稅。
5. 一位現任俄羅斯民意代表建造的祖傳聚落以一座為限。
6. 其他適用原則。

第四章　本法適用範圍

本法適用範圍包括俄羅斯依選舉法當選的各級民意代表，以及表達有意住在依本法所列原則建立之祖傳聚落的俄羅斯公民。

第五章　將土地供俄羅斯民意代表建立祖傳聚落

1. 每位現任和繼任俄羅斯民意代表應從當選日起一年內，配得至少一百五十公頃祖傳聚落用地（以下簡稱「配地」）。

2. 按全國選區比例代表制，或按政黨或政黨聯盟參選名單當選的俄羅斯民意代表，應在俄羅斯境內挑選一區並在該區獲得配地；按選區單代表制並以多數票當選的俄羅斯民意代表應在參選地獲得配地。

3. 一座祖傳聚落不得由兩位以上俄羅斯民意代表建造，同一任期的民意代表亦不得同時住在同座祖傳聚落。

4. 配地應為國有地或共有地且設有水源的單塊土地，亦可向私人地主徵收，唯地主將土地轉讓俄羅斯民意代表、供其建立祖傳聚落前，應符合持續使用土地之條件。

5. 土地得視需要以社區發展為由向地主購得，唯地主應至少於一年前收到相關決策單位的書面通知，且地主有權拒絕。買價由專家估算的土地市價而定，而估算方法以俄羅斯內閣頒布之方法為準。

6. 若土地經提議後納為供俄羅斯民意代表建立祖傳聚落的配地，且該地為自然人或法人所有，經地主同意後，得與當地或其他地區的等值土地交換，地區視地主選擇而定。

7. 俄羅斯公民若在預計建造祖傳聚落的範圍附近擁有或實際共同持有土地（個人登記），即有權無償將土地轉讓俄羅斯民意代表，供其建造祖傳聚落，且可在該座祖傳聚落內取得一塊終生使用的土地建造祖傳家園。

8. 擁有非實際共同持有之土地（非個人登記）的俄羅斯公民，有權將共同持有的土地部分或全部（不得小於一公頃）轉讓俄羅斯民意代表，供其建造祖傳聚落，且可在該座祖傳聚落內取得一塊終生使用的土地建造祖傳家園。

第六章　祖傳聚落的土地組成

1. 祖傳聚落的土地分為以下類型：

- 用於建造祖傳家園的土地。
- 供俄羅斯民意代表子女建造祖傳家園的土地（預備資產），唯每座祖傳聚落不得超過兩塊。

2. 根據祖傳聚落的整體計畫，祖傳聚落應劃設以社區互動、文化交流和公共設施為目的之土地。前述土地佔地不得超過祖傳聚落總面積的百分之七，且由祖傳聚落地方大會管理。
3. 剩餘土地用於建造祖傳家園，每塊不得少於一公頃。視地形特性和其他因素而定，土地面積可達一點三公頃。
4. 每塊配給的土地之間應鋪設寬度至少三至四公尺的通道。每位所有人有權在自己的祖傳家園四周種植有生命的圍籬。
5. 在配給建造祖傳家園的土地上，俄國公民有權種植樹木與灌木叢（包括森林樹種）、挖鑿人工蓄水池、建造住家和附設建築、設置附屬設施等，唯須符合敦親睦鄰原則。

第七章　俄羅斯公民配得祖傳家園用地之順序

1.俄羅斯民意代表得於祖傳聚落用地優先選擇祖傳家園土地，該地得終生使用及傳至後代。

2.俄羅斯民意代表子女若已組成家庭，有權取得可終生使用的祖傳家園用地。

3.祖傳聚落應有一至兩塊土地分給孤兒院兒童和難民。

4.俄羅斯民意代表得自行決定將至多百分之三十的土地分給指定的俄羅斯公民，供其建造祖傳家園。

5.剩餘土地應分給各社會階層的俄羅斯公民（企業家、社工、退休人士、創意知識份子、軍人等）。俄羅斯公民的土地分配應由祖傳聚落的未來居民共同開會時公開抽籤決定。

第八章　祖傳聚落地方大會

1.祖傳聚落地方大會由祖傳聚落永久居民組成，為一獨立地方行政單位。

2.祖傳聚落地方大會有權設置地方自治代表機構，即祖傳聚落大會，內部成員僅由該祖傳聚落居民組成。

3. 俄羅斯民意代表不得參選或入選成為大會成員，若入選成為大會成員，入選資格隨即無效。

4. 為規範地方自治之實踐，祖傳聚落地方大會有權透過開會或地方公投通過採行《祖傳聚落地方大會章程》（以下簡稱章程）。章程必須向地方單位登記。

第九章　祖傳家園用地狀態

1. 可終生使用且傳給後代的祖傳家園用地僅限配給俄羅斯公民，禁止配給外國公民或無國籍人士，已取得合法難民身分者除外，唯此類家庭於俄羅斯民意代表建造的祖傳聚落內不得超過兩戶。*

---

*作者註：法案細節和註解將收錄於下一期《俄羅斯的鳴響雪松》年鑑，到時歡迎購買。在此呼籲讀者將此法案交給各級政府機關參考。

＊＊＊

阿納絲塔夏的祖父在看我帶來的文件時，我不知道自己散步了多久。忽然間，我聽到一陣宏亮的笑聲，聽起來完全不像老人在笑。等我迅速跑過去後，他還在笑。

「太精采了……噢，看我笑成這樣……謝謝你……謝謝，弗拉狄米爾。我怎麼一開始會不想看呢？」

「您都看得入迷了，但有什麼好笑的？畢竟內容都很嚴肅，是最複雜的問題！」

「對誰複雜？」爺爺反問。

「對我、對想建造阿納絲塔夏所說家園的讀者。」

我說話的語氣聽起來可能有點生氣及受傷，於是爺爺不再大笑，反而專注地看著我，冷靜且嚴肅地回答：

「至今我仍不明白我的孫女為什麼要花精神在你身上，甚至和你生孩子。先別對我這個老頭生氣，弗拉狄米爾。我不明白，表示別人也不明白，但這背後可能就有很大的意義，所以我對你沒有反感，也不怪我孫女，反而對目前的成就感到興奮。」

「不過您對文件的內容有什麼具體的看法嗎？」

「我剛說啦，我說我對目前的成就感到興奮。」

「誰的成就？」

「孫女的。」

「但我是問您對我寫的東西有什麼看法。」

祖父看著文件袋不發一語，一臉專注的樣子，後來才回答我：

「弗拉狄米爾，我不知道你寫給大眾的東西有多必要。或許真的很重要，但對我而言，我讀完後只確認了一件事：我的孫女早在十年前就預測到這些風風雨雨了，而且這些針對你的反對勢力，她也早已為你化為助力。」

「您怎麼能把詆毀讀者和我的反對勢力說成助力？」

「你知道是誰在詆毀你和你的讀者嗎？」

「某種將俄國東正教當作擋箭牌的結構。」

「所以你心裡有被冒犯的感覺嗎？」

「有。」

「很好，所以不是理智方面，而是感覺，你和很多讀者在感覺上都已體會到，前人是如何受到後代的詆毀，他們如何被人冠上自然信仰者，數百年來被人以莫須有的罪名指控。你不是唯一寫過這點的人，幾百年來很多歷史學家都想反駁這些指控，但都徒勞無功。

「現在的情況是，他們又用同樣的方法詆毀那些想要接觸神的創造的人。被詆毀的人不少，他們親身感受到，前人是如何遭受同樣的侮辱。看到現在的人受到欺負，先人的靈魂會重振精力，當起守護天使，保護他們現在的孩子。

「相信我，沒有什麼比現在正在世界中成形的那股力量更好、更明亮的了。如果能為現代人做到……如果有條隱形的線將現代的子孫與他兩千年前的父母相連，如果這條線繼續延伸，就能將現代人連到他的第一個父母——神。」

祖父跟我說話時，顯然在壓抑自己的興奮之情。但我仍想問個明白：

「或許您說的很重要吧，但畢竟建立祖傳家園的進度確實被拖累了。」

「但說不定這是為了讓人有多點時間思考、擬定未來的計畫？」

「或許吧，一切發生得出乎意料。第一本書看似才引發一些簡單的行動，接著第二本後就有讀書會，現在《家族之書》出版後還出現《家族誌》。」

這句話又讓祖父大笑了起來，但他隨即停下，帶著微笑說：

「我的孫女顯然特別喜歡這個《家族誌》。或許是為了讓你們欣慰，不過你看她製造了這樣的情況：國家最高統治者和大牧首支持她的構想，但只是其中一個構想，他們沒有提到她的理念，甚至可能不懂。他們不會名垂青史，他們就是優柔寡斷、不夠勇敢。

「真正能在歷史留名、進入永恆的人，是那些已在心中創造能讓神開心的家園的人。無論是他們選擇這個想法，還是想法選擇他們，這並不重要。只要能為孩子創造未來——不只是為了孩子，也是為了自己，永恆就會等待他們。地球上第一次有為了永恆出生的人回到永恆。

「弗拉狄米爾，我才剛開始明白孫女的作為，或許還有很多生命的祕密已在她的面前開展，但有一個祕密就連大祭司都尚未理解透徹，他們只知道人類的生命可以永恆。雖然在一知半解下，他們可以一再地轉世重生，但這種重生並不完整，所以他們的成就才無法為自己和人類帶來快樂。現在我相信，請你也相信，阿納絲塔夏完全知道創造需要什麼樣的元素才能達到永恆。你可以問她、試著瞭解，如果她能找到讓多數人都能明白的話語，值得神子擁有的世界就會綻放。

「去吧，弗拉狄米爾，去找我的孫女聊聊。她現在就坐在湖邊的雪松樹下。如果找到理智和感覺都能理解的永恆話語，這個世界就會出現許多重要的啟發。當世界甦醒後，偉大文明的理想便會飛向藍天。銀河會感受到這股偉大的理想，會因興奮而悸動地等待那些能給多數星球美好生命的人。去吧，別待在這兒了。」

我才剛走幾步，阿納絲塔夏的祖父便大聲叫住我：

「弗拉狄米爾，你和阿納絲塔夏的追隨者該發起自己的家鄉黨了。」

「黨？什麼黨？」

「我說了，就是『家鄉黨』。」

13 新的文明

阿納絲塔夏身穿淺灰色亞麻洋裝，坐在雪松樹下，雙手環抱膝蓋，微微低頭看著平靜的湖水。我沒有馬上走到她的身邊，而是站在遠處好一陣子，觀察這位隱士靜靜地坐在湖畔。

不，「隱士」這個詞並不適合阿納絲塔夏，反倒比較適合住在現代公寓的人。

現代人住在公寓，連同一層樓的鄰居都不認識。他們走在路上，毫不在乎身旁經過的人。無論是迎面走來或擦身而過的人，他們都不在乎。

所以說獨居並不可怕，可怕的是大家都獨來獨往。

阿納絲塔夏獨自坐在泰加林湖畔，但她的心與全球數百萬人的心跳同步。有人稱她為朋友，有人稱她為姊妹，彷彿彼此熟識一般。

她溫柔的訊息同時默默地穿過無盡的資訊網絡，從尖銳刺耳的電視螢幕或其他媒體傳出。她的訊息傳遍千里，被世人接受，大家聽到她的話語之後，紛紛以吉他絃音和歌曲回應，甚至付諸行動，創造嶄新的生活。至於祖父……我第一次看到他如此激動地要求我與阿納絲塔夏談永恆。

我坐到她的身旁，她也轉頭看我。那雙灰藍色的眼睛給了我溫柔的眼神，使我感到一陣平靜。我們就這樣看著彼此好一會兒。

我後來忍不住牽起她的手，迅速地親了一下，再將她的手放回膝上。阿納絲塔夏臉紅了，睫毛不停地顫動，我卻莫名感到難為情。面對我認識十年的女人，我竟然會難為情，同時卻也很高興。

為了克服我的不自在與難為情，我先開口：

「我剛和祖父聊天，阿納絲塔夏。他很激動地跟我說談論永恆的必要性，讓我有點驚訝。他說人不僅要用頭腦和理智瞭解永恆的訊息，還要透過感覺理解。這真的有這麼重要嗎？」

「是的，很重要，弗拉狄米爾。但重要的不是訊息本身，而是人類的意識。不過當然要有訊息，才會出現意識：意識到永恆的生命會讓人的生活方式更完美。」

「但生活方式和意識到永恆有什麼關係？」

「有直接的關係。現代人都覺得自己只能活幾十年，死後生命就會永遠逝去，哪裡也去不了。然而，人類的生命可以是永恆的，這點必須傳達出去，要讓每個人——至少大部分的人——知道。」

「但妳之前講過了，我還在很多集書中寫過。」

「我是講過，但顯然大家還是不明白我所說的話，或者說人類生命有限的觀念已經根深蒂固好幾千年，所以必須找出新的說法和論點。」

「那妳找得到嗎？」

「我會試試看。我們必須和可以理解的人一起尋找。」

「但妳先說說看吧。」

「好，或許應該這樣說……

「絕大多數的地球人都覺得可以自己規劃人生、選擇職業、組成家庭、生或不生小孩，但在很多方面，那都不是他們自己的決定，而是別人的意志透過社會的觀念對他們造成巨大的影響。舉例來說，你們有一種東西叫『衣架』。某一天，有人決定提升這種東西的作用：將人變成衣架，因此出現一種名為『模特兒』的職業。這不是一個令人稱羨的職業，更不是人類的使命。

「但有人決意將此變成最有吸引力的職業，而且成功了。他們開始在各種光鮮亮麗的雜誌和電視頻道上展示活生生的模特兒，宣傳她們看似幸福的人生，描述她們賺了多少錢、多少有錢人想要娶她們。世界上數百萬名少女開始夢想成為超級名模，想要因此獲得幸福。

「各國的數百萬名少女開始一味追求虛幻的榮耀，但一百萬人中只有一人可以成名，本質上仍舊是一個會走的衣架；其他人只能鬱鬱寡歡，因為她們的夢想無法成真。

「這都是因為她們無法獨立找到自己的使命，只能受到他人意志的影響過活。

「我還能舉出很多例子，說明男人女人，甚至小孩都在追求虛假的價值，無視自己的使命。

「如果社會中都是這樣的人，那麼人類的未來該怎麼走？你覺得呢，弗拉狄米爾？」

「這樣的社會是沒有未來的。你看我們國家——俄羅斯，任何政黨，甚至整個國家都沒有創造未來的計畫。聽妳這樣一說，阿納絲塔夏，我很好奇人類使命的定義究竟是什麼？人有什麼使命？我們要怎麼找到？」

「弗拉狄米爾，讓你和其他人的思想試著理解神的創造、祂的構想、祂的夢想。」

「但我們真的有可能理解神的夢想嗎？」

「有可能，無論以前或現在，畢竟祂都對人類——祂的孩子——毫無隱瞞。祂不寫什麼高深的文字，全以實例讓我們看到。每個人要先理解、感覺哪些行為才能通往永恆。你想想看，弗拉狄米爾，為什麼創造萬物和大千世界的神，沒有創造現代汽車、電視和火箭？」

「說不定是祂不會，而人有能力做到？」

「神創造了人所需要的一切，人本身就有移動到別處的能力，人可以想像，經由想像看到的畫面比電視螢幕還要清晰。人不需要那些粗製濫造的人造火箭，就能探索宇宙的星球。」

「是神決定了人類的使命和宇宙萬物的發展。為了瞭解祂的構想，而不是破壞，必須探索、確認地球萬物的意義。」

永生

「神創造的人是永生的，想要體會這點，只要三個條件即可。

「第一：創造有生命的空間，這個空間會吸引人類，人類也嚮往這樣的空間。

「第二：地球上至少要有一個人帶著善意與愛想著你。

「第三：千萬別讓自己有難免一死的想法，這點非常重要。甚至如果你告訴一個只是睡著的人他會死，而他也相信的話，他就會照自己的想法死去。相反地，符合地球定義的『老人』在耗盡體力、躺在死亡門前時，如果他不去想死亡，而是想像他在親手創造有生命的空間生活，那麼日後他就會重生。這是宇宙的法則，宇宙不會袖手旁觀，讓創造生命的思想逝去。

「你們有一個概念叫做『天擇』，上天至今仍在選擇最好的賦予重生的機會。以前的選擇不多，不過現在多了好幾倍。帶著愛建造家園的人都能不斷地重生。

「任何阻撓他們的東西都會從地球上永遠消失，讓位給即將誕生的新文明。」

「但如果是一樣的人類、一樣的植物、一樣的星球，怎麼稱得上是新的文明？」

「弗拉狄米爾，新的文明中有新的意識，對周遭世界有新的體會。這個重要的基礎已經在現代人的心中萌芽，只要這顆稱為『地球』的星球換上全新的面貌，一般人也能看得到。它會影響全宇宙的生命。」

「但宇宙如何因為地球的面貌而有改變？」

「可以的，弗拉狄米爾。雖然我們的星球只是一個小粒子，卻與宇宙周遭有著緊密的連結。即便只是小粒子在變，這個改變也能影響宇宙萬物。」

「滿有趣的。阿納絲塔夏，妳可以讓我看看宇宙以後會有什麼改變嗎？」

「可以，看吧。」

創造世界的愛

亞美莎星球的春天生機盎然，與地球類似的花草樹木無不散發香氣。弗拉基斯拉夫走在綠意圍繞的小徑上，準備在一場研討會上台報告亞美莎星球的生命起源。他的競爭對手正是他從小認識的朋友——拉多米爾。

十九歲的弗拉基斯拉夫學識淵博，可以在任何學者面前報告自己的理論。但拉多米爾的程度也不遑多讓，他和組員總是能在弗拉基斯拉夫描述的歷史中，找出弱點或證據不足的論點來反駁。柳德蜜拉也會參加研討會，柳德蜜拉……他們兩人從小就都喜歡她，卻從未向彼此承認或向她告白，只是等著她給出鍾情於誰的暗示。

弗拉基斯拉夫刻意繞了遠路，想要多思考待會的報告，但他一直分心，覺得有人在看他。當他一聽到後面有聲響，即立刻回頭。有人從小徑衝進樹叢，躺在草堆中一動也不動。弗拉基斯拉夫往反方向走了幾步，看到他四歲的妹妹——卡嘉——躲在樹叢下的草堆中。

「小卡嘉啊，妳又纏著我了。」弗拉基斯拉夫溫柔地跟妹妹說話，「我有很重要的事要做。妳不能打擾我，明白嗎？妳一定明白，不然妳不會躲在草堆中。」

「我沒有躲，我只是躺在這裡，我在觀察花和各種昆蟲。」小卡嘉說完後，裝出對小花很有興趣的樣子。

「好吧，那妳繼續躺在這裡觀察，我要走了。」

卡嘉立刻跳起身，跑向弗拉基斯拉夫，用很快的速度說：

「親愛的哥哥，你去吧，我會靜靜地跟在你後面，不會打擾你的。到了大家集合的地方，你再牽我的手，讓他們看到我有一個帥氣又聰明的哥哥。」

「好了，別巴結我了。來，牽手吧！但妳要記得：我或別人上台的時候，不可以像上次那樣對大人的言論發表意見。」

心滿意足的小卡嘉牽起哥哥的手，向他保證：

「親愛的哥哥，我會盡我可能不發表意見的。」

＊＊＊

露天劇場坐滿了亞美莎星球各地的長輩和青年代表，沒有人帶紙筆或可以記錄的東西，他們能靠天生的記憶鉅細靡遺地牢記所聽到的一切。弗拉基斯拉夫沒有帶任何東西上台，他能透過思想的力量在半空中創造全像投影，展示過去的景象或重現當時的生活用品、甚至人的感受。

有點緊張的弗拉基斯拉夫開始報告：

「我們居住的星球叫做亞美莎，它存在的歷史已經超過九百萬兆年，但一直到了三百年前才有生命出現。這生命的起源要感謝我們的祖先——地球上的兩個人。更精確地說，亞美莎生命的起源是因地球上兩人的愛的能量與夢想而誕生。為此，我來為各位介紹地球上生命的歷史。

「地球人生命的初期很可能跟我們的類似，他們熟知並清楚感受到自己的星球和宇宙的使命。

「地球人決定星球上所有生命的使命，並能善用它們。

「但是有一天，發生了一個災難，有個地球人的意識被病毒入侵，且迅速地傳染給其他人。我們的科學家將這種病毒稱為『死亡』。根據史料，它的外在特徵如下：受到感染的人會開始破壞地球上各種完美的生命，並建造一個粗製濫造的人工世界。地球人將此時期稱為技術治理時期。

「受到死亡病毒感染的人漸漸從理性變成了反智的生物，大量聚集在蕞爾之地，建造看似石墓的住宅，層層堆疊起來。

「你們想像一座岩山挖出很多凹洞的樣子。人類親手蓋出這種岩山，將此稱為公寓大樓，人造山上的洞穴墓群是一間間的公寓。這些有凹洞的人造岩山大量聚集的地方則叫城市。

「在這些所謂的城市中，空氣難以呼吸、水難以飲用，食物也不新鮮。且人在有生之年，各種器官就會開始損壞、分解。實在難以想像內臟損壞且分解的人體該如何活動，但事實就是如此。

「史料指出，技術治理時期的人類還有一種科學叫做『醫學』。他們認為移植器官是這個科學的最大成就，但他們不知道的是，這種科學的存在本身就代表了他們的意識不足。

「不僅人的身體會分解，他們的意識和理智也大幅退化、思考速度變慢，甚至失去計算的能力，還因此發明了計算機這種東西。他們失去在半空中創造全像投影的能力，所以發明了電視這種類似的粗糙裝置。

「他們失去在空間中移動的能力，開始發明各種人造設備，命名為汽車、飛機和火箭。

「人類時不時互相殘殺，但最不可思議的是，死亡病毒讓人覺得自己無法永生，只能一時活在他們想得到的空間中。

「在技術治理時期，人類做出的行為漸漸使地球變成臭氣熏天、冒著黑煙的宇宙一角，但宇宙的智慧仍一直在等，沒有破壞這個有害的地方。」

「請等一下。」拉多米爾的組員出聲打斷弗拉基斯拉夫的報告。「您再講下去也沒什麼意義了，地球上不可能有這種事情。」

「好，我先暫停，但請您證明我所說的不可能發生。」

競爭隊伍中有一位年輕男子起身說話：

「根據可靠的資料，地球的社會曾有宗教存在。宗教經典提到，地球本身和地球上生長的一切都是由宇宙的智慧創造，人類將祂稱為神。他們崇拜神，也為神舉行許多儀式。我想您應該不反對這個事實吧，講者先生？」

「不反對。」弗拉基斯拉夫回答。

「那請您告訴我，他們如何一邊為神舉行儀式，一邊卻破壞祂的創造？兩者不可能同時發生，所以地球上不會有人口密集的城市，且水是由他們敬愛的神創造，他們也不可能去汙染。宇宙的智慧怎樣也不可能讓這種渾噩發生，否則根本不能稱祂為『智慧』，且祂所創造的萬物，尤其是人的智慧也會受到質疑。講者先生，這點您怎麼看？」

「我認為智慧的存在，特別是宇宙的智慧，就是兩個大原則的結合：智慧和反智。

「地球人必須經歷反智時期。如果您不介意的話，我稍後再談談人類身上的這兩個大原則。」

「好，請繼續吧。」年輕男子同意並坐回座位。

「宇宙世界是正反的結合，」弗拉基斯拉夫自信地說，「人類也在自己身上反映出這種正反的結合。地球人的意識雖然出現難以置信的混淆，但有些人突然間明白……他們改變了自己對地球上的創造的態度，不是透過三言兩語或宗教的經典，而是著手改變自己的生活方式。他們尚未完全瞭解自己的創造的規模，只是將這樣的行動稱為『建造祖傳家園』。

「他們並不曉得以新意識接觸地球的同時，宇宙的眾多星球也因為他們而開始復甦。他們不知道死亡已經不存在，他們所生的孩子會被後代稱為神，而他們只是在地球上建造祖傳家園罷了。宇宙的智慧看著他們的行為，滿心期待地顫抖著。最後，所有人開始生活在自己美麗的家園中；終於有一天……讓我給各位看看全像投影，其中有兩個人。」

觀眾面前的半空中出現地球的投影，一對老夫老妻手牽著手，從家園沿著小徑往樹林的方向走去。他們明顯年過百歲。夜空散發微弱的星光，兩人走到雪松樹下，老婦背靠著樹幹。

「我現在都已經是祖母和曾祖母了，你還是跟年輕的時候一樣，邀我在星空下散步。」

她對老伴說。

「難道妳不喜歡嗎？」

「當然喜歡，親愛的。」

老翁抓著她的肩膀，不由自主地擁入懷中，親了她的嘴唇。老翁接著拉下她的洋裝肩帶，使她露出單邊的肩膀。在月光下可以清楚看到她的左肩上有三個成排的胎記。老翁親了每個胎記一下。

「你還是跟以前一樣，親愛的。我不要和你分開。」

「我們不會分開的，我們死後還會重生。」

「我們不能重生了，」她難過地說，「你看，地球的空地越來越少了，四周都是花園和家園。我們的孫子可能都不夠用了，看來造物者當初創造地球時沒有想到這點。」

「我不這麼認為，一定有辦法的，只是我們還不知道。但我相信我們的愛不會因此受阻，我們死後肯定可以重生。」

「但會在哪裡？」

「妳看，親愛的，就在那顆星星上。讓我們的思想在新的星球上創造與地球類似的生命吧。妳自己想想看，為什麼神想到要創造這麼多星球呢？這肯定不是巧合。我們的思想可以成為實體，它會為我們在那顆沒有生命的星球上創造生命，我們會不斷地重生。我們的愛也是一樣……」

「謝謝你有如此美好的夢想，親愛的。我要與你……我會幫你在新的星球上孕育生命。」

「親愛的，這未來有新生命的星球要叫什麼好呢？」

「亞美莎吧，就叫這個名字。」

「亞美莎，等著我們，請你按照我的意志長出盛開的花園、長滿翠綠的小草吧。」老翁自信且激動地說。

「我也這麼希望。」老婦回答。

全像投影消失了，弗拉基斯拉夫向觀眾鞠躬致意，退到一旁讓他的朋友兼競爭對手拉多米爾上台。

拉多米爾站在弗拉基斯拉夫剛才的位置，環顧觀眾後開口：

「我得反對我朋友的發言，恕我直言：他的報告有很多無法證實、甚至矛盾的說法。我和其他朋友都不相信地球人經歷過如此荒謬的時期。

「我們一致認為他的投影只是他個人的想法和想像，缺乏實際的證據。不過他的投影讓我有種奇怪的感覺，好像是我從哪個朋友或不知哪裡聽來的故事，只是我記不起來。」

觀眾席傳來細碎的講話聲，還能聽到有人呼喊：

「難道是抄襲？！可是我從來沒聽過，或許是講者不知道……」

「抄襲……我感覺我們看過這個故事。」

弗拉基斯拉夫站在一旁低著頭。這時後方傳來小孩的叫聲：「啊——啊——」他的妹妹卡嘉不停地大叫而不願停下，這讓他不禁打顫了一下。

「至少她只是大叫，沒有評論剛才的事情。」弗拉基斯拉夫心想，但他錯了。

等到大家安靜了下來，卡嘉大聲地說：

「你們休想和我哥爭論，他是一個聰明又感性的人。」

「哇，有人提出有力的論點了呢。」觀眾笑了出來。

「沒錯，就是有力的論點。」小卡嘉繼續說，「還有你，拉多米爾哥哥，你不能再愛慕柳德蜜拉了。不能這樣，到此為止了。」

「卡嘉，住嘴！」弗拉基斯拉夫大吼。

「我才不要，柳德蜜拉姐姐愛你，你也愛她，我都知道。」

「卡嘉！」弗拉基斯拉夫再次大吼，朝妹妹的方向走去。

「柳德蜜拉姐姐，妳還坐著做什麼？」卡嘉大喊，「幫我擋住他，他不會讓我說話的，他會把我強力拉走。」

後方有一位棕色頭髮的少女站起身來，走向弗拉基斯拉夫並擋住他。柳德蜜拉的臉紅了起來，低下頭輕輕地說：

「你妹妹說得對，弗拉基斯拉夫。」

現場一片安靜，大家都聽得到她的低語。所有人轉頭看向小卡嘉，露出微笑並替她鼓掌。小女孩受到大家的鼓舞，跑向站在台上的拉多米爾，並站在他旁邊，舉手示意大家安靜。

大家安靜後，她又對拉多米爾說：

「拉多米爾哥哥，你差點變叛徒了。你不應該批評我哥，他說得一點也沒錯。他是你的朋友，你也是他的朋友，不應該批評他。」

拉多米爾居高臨下地看著小女孩，也用同樣的態度對著她和觀眾說：

「我沒有批評，只是陳述事實。他的投影沒有足夠的證據，事實上一個證據也沒有。」

「有一個，甚至可以說兩個。」卡嘉堅定地說。

「不管是一個還是兩個，證據在哪裡？」

「一個是我，一個是你，拉多米爾哥哥。」小女孩自信地說。說這句話的同時，她解開洋裝的兩顆扣子、露出她的肩膀。拉多米爾在小卡嘉的左肩上看到三個胎記，與投影中那位地球老婦的一模一樣。他仔細地看著小女孩肩膀上的胎記，血液在血管中奔騰。他用力地回想，接著眼前出現只有他看得見的投影。

是地球的景色，他親著愛人肩上的三個胎記，接著對方抱住他，笑著弄亂他的頭髮，與平常一樣帶著笑容親了他的鼻頭。

投影消失了。

拉多米爾看著依舊露出肩膀的卡嘉好一會兒，接著他突然彎腰抱起小女孩，將她緊緊地摟住。卡嘉抱著他，笑著弄亂他的頭髮，迅速地親了他的鼻頭。他繼續抱著小卡嘉，而卡嘉在他的耳邊說：

「拉多米爾哥哥，不是你太早生出來，就是我太晚了。現在你必須等我長大，等我十四年。只有和我在一起，你才會幸福——我是你的另一半。」

「我會等妳長大的，親愛的。」少年小聲地回答。

剛才還很激動的卡嘉睏了，她安靜下來、頭靠著拉多米爾的肩膀，甜蜜地睡著了。他靜靜地站在鴉雀無聲的觀眾席前，小心翼翼地抱著自己未來的妻子。

他透過思想在半空中寫出一段話，觀眾讀著他所創造的投影：「證據就在我們每個人之中！愛在宇宙間無窮無盡、永世長存。」

為了不吵醒睡在肩上的卡嘉，拉多米爾小心地緩緩走向門口。

但他忘記停止思想在半空中創造的投影，投影中就這樣繼續出現了幾句話。觀眾明白這些話不是給他們的，但還是不禁讀了這些文字：

「妳赤腳奔跑在星星之間，不為自己尋找愛。在浩瀚的宇宙中，妳獨自保留了我們應該一起保留的東西。」

這幾句話是給亞美莎星球的這位小女孩，也是給地球的那位老婦——賦予星球生命的女神。

這位小女神在拉多米爾的肩上睡得香甜，說不定還在夢中聽到愛人對她說的話。

＊＊＊

「太神奇了，阿納絲塔夏！所以說，只要人類依循神聖的構想，讓全地球改頭換面，就有機會在其他星球上生活囉？」

「當然，否則宇宙星球就沒有存在的意義，神賦予萬物偉大的意義。兩人的愛和在愛中孕育而生的夢想，能為任何星球帶來生命。」

「還有，我理解的是，建造家園的人不會死，只是換了身體、立即重生而已。」

「當然，他們在地球上的行為比他人都還必要，使神感到欣慰。即便尚未親手觸摸土地，只是在腦中開始創造有生命的未來天堂樂園。對於神聖的構想，這些人也比眾多遠離神的創造、只在石牆後談論神和靈性的智者必要好幾倍。

「他們的言論只是褻瀆神，而且令人難過，無法重生的死亡正等著他們。他們會面臨可怕的命運，但那並非神的懲罰，而是他們自己的抉擇。

「神在宇宙間展現的新思想，不僅是偉大的能量，也是審判者。很多經書和傳說都說過神的審判，而它正靜悄悄且無形地到來，接觸目前活在世上的所有人。人人都會成為自己的審判者。

「如果選擇生命並創造有生命力的生活，就能永生並成為類似於宇宙偉大造物者的人。

「如果一直想著死亡，就會因為這樣的想法註定一死。」

她在河邊所說的這些話——輕柔卻有自信——傳遍了整個空間，如回音般在地球上盪漾。十年來，已經不只我一人知道，阿納絲塔夏能夠透過思想和話語創造未來。

＊＊＊

我的船漸漸遠離，她則站在岸邊。她所說的永生一直在空中迴盪。我不禁開始思考，此時站在岸邊的阿納絲塔夏，當初是從哪個宇宙世界、哪個銀河化身為地球人的模樣，為這個稱為「地球」的星球帶來永恆的意識。她的話不是空穴來風，生活中已經有很多證據。

如果真是這樣，我要恭喜各位——我的讀者，恭喜你們擁有意識！我們會永世長存，共同在宇宙間創造生命。

期待下次的快樂相會，朋友們！

第八之一集完。

弗拉狄米爾・米格烈致各位讀者

目前網路上有許多網頁內容，主要在宣揚與《鳴響雪松》系列主角阿納絲塔夏類似的思想。其中不少網站冒用我的姓名「弗拉狄米爾・米格烈」（Vladimir Megre），聲稱自己是官方網站，並以我的名義回覆讀者來信。

就此我認為有必要告知各位敬愛的讀者，我決定自己設立國際官方網站 www.vmegre.com。這是唯一的官方窗口，負責接收來自世界各地、不同語言地區的讀者來信。只要您訂閱此網站內容，並註冊為會員，就能收到日後舉行讀者見面會的日期與地點，以及其他相關訊息。

我們網站將為各位敬愛的讀者統一發佈《鳴響雪松》在世界各地的最新消息。

弗拉狄米爾・米格烈敬上

《新的文明》為《鳴響雪松》系列書的第八之一集。此系列書共有十集，作者至今仍持續寫作。

作者在俄國和其他許多國家舉辦讀者見面會和記者會。《鳴響雪松》系列書的讀者展現了他們的行動力，在各地成立對外公開的組織，其中一項主要的目標是創建祖傳家園。二〇一〇年作者的第十本書《阿納絲塔》發行了。目前他計劃以這一系列書來編寫劇本。

一九九六年至二〇一〇年間，弗拉狄米爾·米格烈一共寫了十本書（《鳴響雪松》系列書：《阿納絲塔夏》、《俄羅斯的鳴響雪松》、《愛的空間》、《共同的創造》、《我們到底是誰？》、《家族之書》、《生命的能量》、《新的文明》、《愛的儀式》、《阿納絲塔》）。至今這一系列書在世界各地銷售超過兩千萬本，翻譯成約二十種語言。米格烈於一九九九年在弗拉基米爾城設立阿納絲塔夏文創基金會，網址為 www.anastasia.ru。

作者：弗拉狄米爾·米格烈

原著語言：俄文

第一集《阿納絲塔夏》
第二集《俄羅斯的鳴響雪松》
第三集《愛的空間》
第四集《共同的創造》
第五集《我們到底是誰？》
第六集《家族之書》
第七集《生命的能量》
第八之一集《新的文明》
第八之二集《愛的儀式》
第十集《阿納絲塔》

根據作者的想法，其中第九集為讀者自行依照書中構想，撰寫給自己與後代的家族之書。

鳴響雪松 *8.1* Новая цивилизация

新的文明

作者　弗拉狄米爾・米格烈（Vladimir Megre©）
譯者　王上豪
編輯　郭紋汎
封面設計　斐類設計
校對　郭紋汎、戴綺薇
排版　李秀菊

出版發行　拾光雪松出版有限公司
網址　www.CedarRay.com
書籍訂購請洽　office@cedarray.com

總經銷　紅螞蟻圖書有限公司
地址　台北市114內湖區舊宗路2段121巷19號
電話　02-27953656

初版一刷　2018年12月
初版二刷　2021年08月
定價　350元

原著書名　Новая Цивилизация
弗拉狄米爾・米格烈2005年於俄羅斯初版
網址　www.vmegre.com
郵政信箱　630121俄羅斯新西伯利亞郵政信箱44
電話　+7 (913) 383 0575 (WhatsApp, Viber)
電子郵件　ringingcedars@megre.ru
生態導覽與產品　www.megrellc.com

國家圖書館出版品預行編目資料

新的文明／弗拉狄米爾・米格烈（Vladimir Megre）著；
王上豪譯. -- 初版一刷 -- 高雄市：拾光雪松, 2018.12
面；12.8×19公分. --（鳴響雪松；8.1）
ISBN 978-986-90847-8-9（平裝）

880.6　　107021540